Een kleine

Hendrik Groen bij Meulenhoff

Pogingen iets van het leven te maken
Zolang er leven is
Leven en laten leven
Een kleine verrassing

www.meulenhoff.nl

Hendrik Groen

Een kleine verrassing

Of hoe Hendrik en Evert zich in de nesten werken

ROMAN

MEULENHOFF

ISBN 978-90-290-9310-1
ISBN 978-94-023-1368-0 (e-book)
NUR 301

Omslagontwerp: DPS Design & Prepress Studio
Omslagbeeld: © Ingrid Bockting
Zetwerk: Text & Image, Assen

Dinsdag 21 december 2004

1

16.30 uur – Prinses Margrietschool

'Verdomme, waar blijven die engelen...'

Even verkrampte haar gezicht. Toen was haar glimlach van staal er weer. Twee kinderen staarden haar aan. Alleen aan de rode vlekken in haar hals kon je zien dat Hetty Schutter, de directrice van de school en in deeltijd ook juffrouw van groep acht, zich opwond.

Op het toneel stonden zeven herdertjes die zichtbaar de kluts kwijt waren. Op de plaats waar even tevoren een vlucht engelen het toneel op had moeten klapwieken, stond nu een moeder onbegrijpelijke gebaren te maken. De herders staarden haar schaapachtig aan. De moeder verdween weer tussen de gordijnen. Een tijdje gebeurde er niets.

Eén herdertje kreeg jeuk en begon zich uitgebreid te krabben onder zijn stoffige oude herderstafelkleed. Een tweede herder zwaaide naar zijn oma. De derde wiebelde met zijn magere knietjes tegen elkaar, omdat hij van de zenuwen moest plassen. Achter het gordijn viel iets om. Daarna was het weer stil.

Het publiek werd rumoerig. De vaders en moeders in de zaal probeerden de rust te handhaven maar er braken hier en daar toch schermutselingen uit tussen broertjes en zusjes. Er werd gedreigd met corrigerend geweld. Twee klapstoelen klapten om.

Aan de zijkant van het toneel bewoog het gordijn. Iemand was op zoek naar de doorgang. Die bevond zich drie meter verder, daar waar de engelen een paar minuten geleden hun vliegende entree hadden moeten maken. Degene achter het gordijn werd meer geleid door zenuwen dan door gezond verstand, want André van Duin als Willempie had er niet langer over kunnen doen om uiteindelijk, helemaal aan de andere kant van het toneel, naast het gordijn te verschijnen.

Het was de directrice.

'Eh... dames en heren, kinderen, door omstandigheden is er iets misgegaan met onze kerstuitvoering waar we nog even geen oplossing voor hebben en daarom gaan we nu...'

Vlak achter haar begon een herdertje te huilen.

'... eerst verder met het verkopen van de lootjes voor onze kerstloterij waarvan...'

De huilende herder had in zijn manteltje geplast. Langzaam verscheen er een grote donkere plek op zijn deken.

'... de opbrengst bestemd is voor een nieuwe beamer voor onze school.'

De spreekster siste half omgedraaid om een moeder

die iets aan het natte herdertje kon doen en ging verder: 'De lootjes kosten één euro en daarmee kunt u prachtige prijzen winnen die beschikbaar zijn gesteld...'

Van opzij kwam een zenuwachtige moeder het toneel op, die eerst het verkeerde kind meenam en toen met het goede kind de verkeerde kant opging, naar een deur die geen deur was maar een decorstuk van de operettevereniging.

'... door ouders en vrienden en winkeliers van onze school, waarvoor onze hartelijke dank. De lotenverkopers komen in de pauze bij u langs. En eh...' ze wierp nog een snelle blik over haar schouder, 'en het is nu pauze.'

Zweet parelde op haar voorhoofd. Ze draaide zich om en dreef de overgebleven herders langs de decorstukken die het open veld moesten voorstellen, door de opening in het gordijn. Daarachter bevonden zich de brug met ongelijke leggers, de kast met springplank en een kleine menigte van verklede kinderen, hulpvaders en hulpmoeders, een os en een ezel van hout, en Maria en Jozef. Het rook er naar pies.

2

Tezelfdertijd – Flat van Hendrik

'Evert kan er nu toch wel zo'n beetje elk moment zijn, Basje,' zei ik tegen Bas, die op de hoek van de vensterbank lag te slapen. Hij is een dikke oude kater die zijn ene oor altijd even beweegt als ik tegen hem praat, ten teken dat hij nog in leven is. Verder zit er niet veel beweging in. Alleen bij het woord 'koek' krabbelt hij overeind om met een scheve kop voor me te gaan staan wachten tot hij een koekje krijgt. Bas is waarschijnlijk de enige kat in Nederland die er elke week een pond roomboterallerhande van de HEMA doorheen jaagt. Een normale kat eet geen koek.

Bas beweegt weinig, maar stinkt des te meer. Dat heeft vermoedelijk met zijn dieet te maken. Ik heb er geen last van, als enige.

'Geniet nog maar een beetje van de warmte, dikzak, want als Evert komt, moet je op het balkon.'

Ik verheugde me op de komst van mijn goede vriend Evert. Grote mond, hart van goud. Er valt altijd wat te mopperen en er valt altijd wat te lachen. Verder een overzichtelijk programma, zoals elke week: borreltje, nootjes, stukje kaas, plakje worst, hapje eten, spelletje schaak, kopje koffie, nog een laatste borreltje en weer voldaan afscheid nemen.

3

Een half uur eerder bij Albert Heijn

Achter Evert reed een bejaarde man voor de derde keer met zijn karretje tegen Everts benen. De Turkse mevrouw die aan de beurt was, had haar sperziebonen niet geprijsd.

'Ik niet begrijp.'

'Afdeling groente, kassa 4.'

Een jengelend kind ging aan de arm van zijn moeder hangen, waardoor die een pot appelmoes kapot liet vallen.

'Mag ik even uw bonuskaart lenen, de mijne zit in de jas van mijn andere za... eh... zak van mijn andere jas,' vroeg de vrouw voor hem. Evert overhandigde met een glimlach zijn bonuskaart.

'Steek hem daarna maar in je... Ach laat ook maar, je mag hem hebben,' zei hij geërgerd.

Het zat Evert niet mee. Hendrik was vergeten pinda's te kopen en had hem gebeld met de vraag of hij even langs de AH kon gaan, want een schaakavond zonder pinda's was toch een beetje kaal. Op eigen initiatief had

Evert ook twee blikjes bier in zijn winkelmandje gedaan, omdat hij een mand met alleen een zak pinda's een treurig gezicht vond.

En nu stond hij al bijna een kwartier in de rij voor de kassa voor die stomme nootjes. Als het leven een beetje tegenzat kreeg Evert altijd dorst. Meteen na het afrekenen trok hij een blikje open, zei proost tegen de verbaasde caissière, nam een slok en liep naar buiten. Daar haalde hij zijn fiets van het slot, nam nog een slok en stapte op. Het bier was lauw.

Je zag niet vaak mensen op de fiets bier drinken. Het zou wel verboden zijn. Misschien omdat je dan je hand niet kunt uitsteken om het stopteken te maken, bedacht Evert. Hij vroeg zich af of er in Nederland ooit iemand een bekeuring had gekregen omdat hij het stopteken niet had gemaakt. Hij had het meer dan zestig jaar geleden op de lagere school geleerd: met zijwaarts gestrekte rechterarm als een lamme vogel op en neer wieken.

'En als je nou handremmen hebt?' mopperde hij in zichzelf. 'Kun je niet eens goed stoppen door dat stomme stopteken.'

Hij liet een boertje.

Hendrik kon tevreden zijn, hij had de pinda's.

Zijn fiets kraakte en piepte.

De regen viel gestaag en langzaam werd hij nat.

4

16.35 uur – Prinses Margrietschool

Er heerste verwarring. Ouders probeerden zich een weg te banen naar de enige toegang tot de coulissen, terwijl de lootjesverkopers vanaf de andere kant door het hoofd van de school de zaal in werden geduwd. Opa's, oma's en kleinkinderen dromden in de richting van de speciaal voor deze gelegenheid geknutselde bar. De moeders van de limonade, chocolademelk, koffie en thee hadden niet gerekend op deze vervroegde pauze en probeerden de plastic bekertjes zo snel vol te schenken dat er nogal wat naast gutste. Koffie en limonade liepen in kleine straaltjes over de tafel naar de grond.

De juffen en de meester deden halfslachtige pogingen enige orde in de chaos te scheppen en slaagden er daarmee in de ontreddering nog wat te vergroten. De conciërge bleef er, ook onder deze moeilijke omstandigheden, op toezien dat er door de kinderen in school geen kauwgom werd gekauwd.

De gymnastiekzaal was niet de meest geschikte theaterzaal. Twee vrijwillige vaders hadden de hoge ramen verduisterd met rood crêpepapier, wat niet zozeer een kerstsfeer opriep als wel van de gymzaal een groot bordeel leek te maken. Hoewel je in een bordeel meestal geen wandrekken, ringen en honderdvijftig klapstoelen vindt. Uitvouwbare kerstklokken van rood en wit papier moesten, samen met een veel te klein kerstboompje, zorgen voor 'die unieke sfeer die bij het feest van het licht hoort'. Een grotere boom was resoluut door de conciërge geweigerd, want, zei hij: 'Wie moet straks al die naalden opruimen? En ik heb trouwens ook niet genoeg lichtjes.' Zo spaarde hij voor de school toch maar weer een flinke smak geld uit.

Hij was een zuinige man, Harry van Staveren, conciërge A. Hij had een speciaal adresje waar hij gevulde koeken inkocht die iets over de datum waren. Dat ieder kopje thee een eigen zakje moest hebben ging er bij hem niet in. De kantine had hij in eigen beheer en elk dubbeltje was er een. Als beheerder van de EHBO-kist knipte hij zelfs de pleisters zo krap dat de randen van de schaafwonden eronder vandaan kwamen. 'Wie het kleine niet eert, is het grote niet weerd,' huichelde hij als iemand voorzichtig kritiek leverde. Daarbij was hij zo lui als een leeuw in Artis. Drieëntwintig jaar geleden had iemand de fout begaan hem een vaste aanstelling te geven. 'Dus,' zei Harry, 'een knappe jongen die mij hier voor mijn vijfenzestigste vandaan krijgt.'

De conciërge stond onder aan het trappetje naar het toneel, de directrice bovenaan.

'Er is iets verschrikkelijks gebeurd. Het is eh... het

is... verschrikkelijk, afschuwelijk, alles loopt in de soep,' stamelde ze. Ze was duidelijk zichzelf niet. 'Alles loopt in de soep' zou ze normaal nooit zeggen. Meer iets als: 'Het loopt enigszins anders dan wij ons hadden voorgesteld.'

Mens, zeg dan wat er is, dacht hij. 'Rustig maar, Hetty, vertel eerst eens wat er aan de hand is en dan vind ik misschien wel iemand die het probleem kan oplossen.'

Ze haalde diep adem. 'Harry, het kindje Jezus is weg.'

5

16.50 uur – Flat van Hendrik

Aan: het bestuur van AFC Ajax

Geachte heren,

Middels Het Parool *van zaterdag jongstleden heb ik kennisgenomen van het voorstel van het bestuur van Ajax om in het gehele Arenastadion een alcoholverbod af te kondigen naar aanleiding van ongeregeldheden met dronken supporters na afloop van de wedstrijd Ajax – FC Utrecht van 17 november jl.*

Uw bestuur wil vijftigduizend mensen droogleggen omdat uw ordedienst er, samen met de politie, nu al jaren niet in slaagt ongeveer honderd opgefokte relschoppers, van wie de meesten met naam en toenaam bekend zijn en uitgebreid te bezichtigen op talloze video-opnames, in toom te houden.

Een paar vragen:
1. Geldt het afgekondigde alcoholverbod ook voor de bestuurskamer en de skyboxen?
2. Vermoedt u niet, met mij, dat de heren die stadions vernielen, ijzeren staven gooien en mensen verrot slaan, zich misschien niet zo veel gelegen laten liggen aan uw alcoholverbod?
3. Wat zou u ervan vinden als het gemeentebestuur, naar aanleiding van de constatering dat er bij u in de straat onlangs een auto foutief geparkeerd stond, zou besluiten tot een algemeen parkeerverbod voor uw hele wijk?

Nog twee suggesties voor onze bestuurlijke laagvliegers:
1. Leg oude dames, kleine kinderen en jonge vrouwen een algemeen straatverbod op om daarmee voor eens en voor altijd verlost te zijn van tasjesrovers, pedofielen en serieverkrachters.
2. Omdat er recht voor de deur van mijn flat een enorme hondendrol ligt, lijkt mij een landelijk uitlaatverbod niet zo'n gek idee. Voortaan mogen honden dan alleen nog binnenshuis uitgelaten worden.

Wijsheid, heren van Ajax, wens ik u toe, veel wijsheid, want daar ontbreekt het aan.
Overigens deel ik u mede dat deze brief als open brief verzonden is aan Het Parool.

Hoogachtend,
H.W. Groen

Zo, die kon de deur uit. Mijn maatschappelijke verantwoordelijkheid weer genomen. Het was mooi geweest voor vandaag.

'Waar blijft Evert nou?' vroeg ik me hardop af. 'En staat de jenever eigenlijk wel koud?'

6

16.35 uur – Prinses Margrietschool

'Het kindje Jezus is weg. Overal gezocht. Weg. Ik kan toch geen kerstspel zonder kindje Jezus laten opvoeren? Hebben we eindelijk een echte baby, krijgen we dit weer.'

'Kunnen we zolang geen pop nemen?' opperde Harry.

'Die ouders zitten in de zaal, dus dat kan niet, die zien dat meteen. Jij moet het ze vertellen, die ouders. God, ze zitten al naar ons te staren. Niet meteen kijken, idioot!'

Harry schrok zich een halve beroerte. 'Waarom ik? Ik ken die mensen niet. Het zijn vrienden van Ester. Kan die het toch veel beter gaan zeggen? Ik ga haar wel even zoeken.'

'Kun je lang zoeken, want Ester zit op de Veluwe,' snauwde Hetty hem toe.

Harry kreeg het steeds benauwder. 'Ja, maar jij kunt dat soort dingen altijd veel beter en ik moet hier de zaken een beetje in de gaten houden.'

'Harry, ik heb hierachter ook mijn handen vol.'

'Waarmee dan?'

'Met van alles en nog wat, natuurlijk.'

'Wat dan, van alles en nog wat?'

'Luister, Harry, óf jij gaat het die ouders nu vertellen, óf ik ga hier en daar wat dingen over jou vertellen.'

Het zweet brak hem uit. 'Ik roep ze wel even naar achteren.'

'Ja, je roept ze even naar achteren en daar ga je ze vertellen dat we hun baby nu al overal hebben gezocht, maar dat we geen idee hebben waar dat jongetje is gebleven. Of was het een meisje, dat kindje Jezus? Nou ja, het is in ieder geval kwijt.'

'Waar iedereen bij is?'

'Nee, natuurlijk niet, neem ze maar mee naar mijn kantoortje.'

'En waar is dat kindje het laatst gezien?'

'In het halletje bij de wc's. Daar was het rustig en daar stond die kinderwagen het minst in de weg. Volgens mij heb jij zelf nog tegen Geert gezegd dat die wagen daar zolang moest staan. Ik ga intussen de politie bellen.' En ze verdween tussen de gordijnen.

Harry wrong zich door de menigte in de richting van een onopvallend stel dat al die tijd vanaf het midden van de zaal naar hen had staan staren. De vrouw had een vergeefse poging gedaan er een beetje feestelijk uit te zien: bruine jurk met een broche, daaronder degelijke schoenen en daarboven een bleek hoofd met steil haar. De man leek regelrecht van zijn werk gekomen, vermoedelijk een administratiekantoor of iets dergelijks.

De bange voorgevoelens waren van ver in hun ogen te lezen.

'Ach, mevrouw en meneer, eh... wilt u, eh... even meekomen naar achteren?' Harry probeerde zo rustig en kalm mogelijk over te komen, maar van de zenuwen sloeg zijn stem over.

'Wat is er aan de hand? Er is toch niets met Sabine? Is er iets met de baby?' Paniek in de ogen van de moeder.

De vader schraapte zijn keel. 'Het gaat toch wel goed daarachter?'

'Jawel hoor, jawel, alleen even iets oplossen. Komt u even mee?' De conciërge kon niets beters bedenken. Hij zocht wanhopig naar een manier om er zonder kleerscheuren van af te komen, maar zag geen uitweg. Hij ging het stel voor, opnieuw door de duwende en dringende menigte, naar het trapje opzij van het toneel, nam moeizaam de vijf treden en leidde de wit weggetrokken ouders langs drie hulpmoeders die achter het gordijn druk stonden te praten. Toen de vader en moeder langsliepen, viel het gesprek stil.

7

Twintig minuten eerder – Prinses Margrietschool

Evert fietste met veel gekraak door de natte stad. Het werd al schemerig en het was druk. Hij maakte een bocht naar links, wilde weer een beetje vaart maken, hoorde een dof gekraak ter hoogte van zijn kettingkast en trapte onverwachts in het niets. Hij zwenkte naar rechts, reed tegen de stoeprand, zijn biertje stuiterde op straat en hij kon maar net voorkomen dat hij languit op de stoep terechtkwam. 'Dat kan er verdomme ook nog wel bij: ketting eraf.'

'Beetje uitkijken, ouwe,' zei een dikke blonde dame in een te strakke legging.

'Neemt u mij niet kwalijk, speklapje,' zei Evert minzaam. Dat bracht haar in verwarring. Ze wist niet zeker of ze het goed had verstaan, aarzelde, stak voor de zekerheid haar middelvinger op en liep door.

Hij keek naar zijn fiets. Een ouderwetse kettingkast, vastgeroest en smerig. Ergens daarbinnen hing een te slappe ketting naast het tandwiel. Hij kon, tegen beter weten in, proberen om de kettingkast eraf te krijgen, de ketting er weer om te leggen en daarna die stukken plastic weer min of meer op hun plaats te duwen. De kans dat het zou lukken was klein. En áls het zou lukken was het niet uitgesloten dat hij twee straten verder opnieuw kon beginnen. Handen onder het smeer, kleren onder het smeer, vloeken, tieren en uiteindelijk toch moeten lopen. Het was beter dat hij zich voor deze dag gewonnen gaf en de dingen liet komen zoals ze kwamen. Hij zette zijn fiets tegen het hek van een schoolgebouw en deed hem op slot.

Tot overmaat van ramp moest hij ontzettend nodig naar de wc. Evert keek paniekerig om zich heen. Het schoolplein stond vol fietsen, maar was verder uitgestorven. Er was binnen zeker wat gaande. De voordeur stond uitnodigend open en scholen hebben wc's. Hij liep de lege hal in. In de verte klonk geroezemoes. Op goed geluk deed hij een deur open. Hij zag een kleiner halletje met vier deuren waarvan er op drie een plaatje van een wc geplakt zat. Hij haalde opgelucht adem en schoot de eerste wc in, wurmde zich uit zijn jas en liet die voor zich op de grond vallen. Zijn koude vingers kregen geen vat op de rits van zijn broek. De tijd begon te dringen. 'Straks schijt ik mijn hele broek onder,' mompelde hij.

Er was een stukje stof tussen de rits gekomen dat nu halverwege vastzat. Hij sjorde in paniek met veel moeite de broek van zijn kont en plofte net op tijd met een diepe zucht van opluchting neer op het kleine kinderwc'tje. 'Tjongejonge, wat kan een mens ervan opknappen iets kwijt te raken,' mompelde hij een paar seconden later. Maar de blijdschap was van korte duur. 'Sje-zusmina, m'n jas!' Het wc'tje was zo klein dat hij er eigenlijk niet helemaal op paste. In de zenuwen had hij ongemerkt zijn jas, die voor hem op de grond lag, drijfnat gepiest. 'Godsamme, heb ik dat. Houdt het vandaag dan helemaal niet meer op?' Zacht vloekend keek hij om zich heen naar een handdoek of iets waarmee hij zijn jas een beetje droog kon deppen.

Hij schrok toen hij in het halletje voor de wc's een deur hoorde opengaan.

Evert realiseerde zich opeens dat je onder de wc-deuren door kon kijken. Hij pakte paniekerig zijn natte jas op en trok zijn benen zo hoog hij kon van de grond. Na tien seconden wogen die al als lood, na twintig seconden wist hij dat hij het geen drie seconden meer zou volhouden en na tweeëntwintig seconden hoorde hij de deur weer dichtgaan. Opgelucht liet hij zijn dunne witte benen zakken.

Maar wat nu te doen met die jas? Voorzichtig stak hij zijn hoofd om de deur van de wc. Zijn mond viel open van verbazing: in het halletje stond een kinderwagen, in die kinderwagen lag een baby te slapen en over de stang van de wagen hing een lange crèmekleurige regenjas.

8

16.40 uur – Prinses Margrietschool

Harry van Staveren, conciërge A, ging de asgrauwe vader en moeder voor naar het kantoortje van het hoofd van de school. Zorgvuldig sloot hij de deur.

'Gaat u zitten, wilt u misschien een kopje koffie?'

'Nou, ik wil graag eerst weten wat er aan de hand is,' zei de vader.

Harry aarzelde, slikte, keek langs hem heen en mompelde: 'Uw... eh, uw kindje is weg.'

'Hoe bedoelt u?' vroeg de vader onnozel.

De moeder werd nog kleiner en witter dan ze al was en begon te huilen. 'Hoe kan dat nou, weg?'

'Ja, hoe kan onze dochter nou kwijtraken? Heeft niemand op haar gelet dan?'

'Jawel, jawel, er was steeds iemand bij haar, alleen eh... heel even niet eh... misschien.' Harry kon niets beters bedenken. 'En we vinden uw baby'tje vast heel snel weer terug. Ze kan niet ver weg zijn, denk ik zo. Wilt u intussen een kopje koffie?'

De moeder kon alleen nog maar snotteren. In de ogen

van de vader was nu paniek te lezen. 'Waar is ze het laatst gezien?' riep hij. 'Wie heeft haar het laatst gezien?'

'Dat moeten we nog uitzoeken.' Harry zweette als een otter. 'Ik ga nu voor u vragen of er intussen al iets meer bekend is. Wacht u even hier.' En zonder om te kijken glipte hij het kantoortje uit op zoek naar iets of iemand om zich zo efficiënt mogelijk achter te verschuilen.

Even waren de ouders overbluft. Toen haastte de vader zich achter de conciërge aan, op de voet gevolgd door de huilende moeder, die door haar tranen de terugzwaaiende deur niet zag en die in haar gezicht kreeg. Ze wankelde. Haar man hoorde de klap, draaide zich om, aarzelde, wilde eerst verder lopen, maar draaide zich toen opnieuw om, pakte de hand van zijn vrouw en was, toen hij zijn weg wilde vervolgen, de conciërge uit het oog verloren.

'Waar is-ie nou?' Mensen in paniek klampen zich vast aan alles wat er toevallig voorhanden is, en dat was in dit geval de conciërge. Dat die ze nu was ontglipt, maakte hun ontreddering nog groter.

'Opzij... pardon... opzij alstublieft... pardon... opzij.' Op hun eigen brave wijze vochten ze zich een weg langs mensen en gymtoestellen. Een vrouw kreeg hete koffie over haar kerstjurk. 'Au, kut! Kijk toch uit, mens!' Het laagje beschaving is vaak maar dun. Te dun voor hete koffie over je jurk. De moeder van de baby had niets gemerkt en struikelde zich een weg achter haar man aan. Die was in een gang aangekomen en zag iets verderop een nieuwe strohalm. Achter het raam van een klein kamertje vol mappen, dozen en pakken papier stond de directrice een man uit te kafferen. Een boom van een vent met de nederigheid van een geslagen hond. Door de gesloten deur heen kon je haar horen foeteren: 'Stuk onbenul, je zet zo'n wagen toch niet onbeheerd in een wc, dat doe je toch niet! Wanneer was dat, wanneer heb je voor het laatst gekeken, dat kind gezien? Zeg dan wat, man!'

Het stuk onbenul in kwestie stotterde: 'Een eh... kwartier...tje geleden... of zo... misschien twintig minuten.' Wit spuug trok draadjes in zijn mondhoeken. Zweet liep langs zijn bolle wangen en zijn ogen puilden uit. Hij straalde aan alle kanten uit dat hij het liefst met zijn honderdzeventien kilo door het putje van de gootsteen wilde ontsnappen. 'Ik werd weggeroepen door Harry, om alvast limonade in te schenken.'

'Als ik zeg dat jij ergens op moet pas–' Ze brak haar zin abrupt af toen ze door het raam zag dat de ouders van de baby haar kant op kwamen. Er was een moment van aarzeling, toen trok ze haar gezicht op vriendelijk en opende de deur van het kamertje.

'Komt u binnen. Ik informeer juist even bij een collega hoe de vork precies in de steel zit,' zei ze terwijl ze eerst de vader en daarna de moeder veel te lang de hand schudde, alsof ze hen daarmee gerust kon stellen. 'De kleine is nu volgens mijn informatie een minuutje of tien weg, maar we vinden haar vast heel snel weer. Ze kan niet ver weg zijn. Maakt u zich maar geen zorgen, misschien heeft iemand–'

'We maken ons wel zorgen. Heel erg zelfs. Wat eh... kunnen we nu doen? Er wordt toch wel gezocht? Waar is er al gezocht?' onderbrak de vader haar.

'Overal al natuurl–' De directrice begreep iets te laat dat dit antwoord weinig geruststellend was en vervolgde: 'We zullen voor de zekerheid, voor het geval dát, toch maar even de politie bellen, lijkt me.'

'Voor het geval wát?' kwam nu voor het eerst de lijkbleke moeder tussenbeide.

9

Twintig minuten eerder – Wc Prinses Margrietschool

Voorzichtig haalde Evert zijn zakken leeg. Pinpas, een potloodje, een pakje shag, sleutels, een zakdoek, een elastiekje en een aansteker. Hij legde alles naast zich op de grond. Hij overwoog wat hij met zijn natte, stinkende jas zou doen. Veel soeps was het niet meer. Niet de moeite waard om nog mee te nemen. Bij gebrek aan een afvalbak propte hij hem in het wc'tje en deed het deksel dicht. Toen stak hij voorzichtig zijn hoofd om de deur, keek of de kust veilig was, pakte de jas van de kinderwagen en sloot zich weer op in het kinder-wc'tje. Onhandig manoeuvrerend in het kleine hokje trok hij hem aan. Hij zat een beetje ruim, maar het kon ermee door. Hij stopte zijn spullen in de jaszakken en stapte het halletje in.

Daar stond, in het midden, de kinderwagen. Hij keek erin. Een roze mutsje en een heel klein gebald vuistje staken boven het dekentje uit. Hij schoof het dekentje voorzichtig een paar centimeter naar beneden. Er kwamen twee gesloten oogjes en een neusje tevoorschijn.

God, wat een klein neusje, dacht Evert, en wat een kleine neusgaatjes. Dat je daardoor kunt ademen!

Hij bleef even vertederd staan kijken. Toen schrok hij op. Het werd hoog tijd om ervandoor te gaan. De kinderwagen blokkeerde zijn weg naar de deur en hij reed hem voorzichtig een stukje achteruit. Nog even keek hij erin. Veel ouder dan een paar maanden kon de baby niet zijn, schatte hij. Hij schrok zich bijna een hartstilstand toen de deur naar de gang plotseling opengіng. Een jongetje van een jaar of vijf stapte aan de hand van zijn vader naar binnen. De vader keek Evert argwanend aan. Het jochie vroeg: ‘Bent u de baby zijn vader?’

Evert aarzelde een fractie van een seconde, boog zich toen voorover naar het jongetje en zei: ‘Nee, ik ben de baby zijn opa. Wil jij even de deur voor de kinderwagen openhouden?’ Gedwee hield het jongetje de deur voor hem open. Hij duwde de kinderwagen de gang in en draaide zich om.

‘Die eerste wc moet je niet gebruiken, hoor, die is verstopt.’

Toen liep hij verder, richting buitendeur. Achter hem hoorde hij de deur naar de wc’s niet dichtgaan, maar omkijken durfde hij niet. Hij hobbelde over de drempel van de buitendeur en stuiterde heel voorzichtig de vier treetjes van het trapje af.

Een vrouw in een beige regenjas en met een doorzichtig plastic kapje over haar kerstpermanentje, die net naar binnen wilde, keek hem verbaasd aan. ‘Zit niks in, hoor,’ zei hij geruststellend. Ze probeerde nog een blik in de kinderwagen te werpen, maar Evert draaide de wagen van haar weg en liep over het schoolplein naar het hek, sloeg lukraak rechts af en daarna de eerste straat links in om zo uit het zicht te zijn van wie mogelijk nog naar hem stond te kijken.

Hij was terechtgekomen op de Purmerpromenade. Dat 'promenade' moest de uitstraling van de straat vergroten, maar dat was onbegonnen werk. Elke winkelstraat in elk dorp en elke stad biedt dezelfde fantasieloze treurigheid van Blokkers en Kruidvatten, van Zeemannen en Schoenenreuzen. Alles wat er in die straten ooit mooi was of ten minste 'anders', is verdwenen. Koning Middelmaat en Hans Eenheidsworst regeren samen met harde hand. De miezerige regen maakte de troosteloosheid compleet. Daar hielp geen kerstverlichting tegen.

Kijk mij nou eens lopen hier. In de regen met een kinderwagen met een echt kind erin, dacht Evert bij zichzelf. Hij boog zich voorover. 'Laten we je voor het gemak maar even Jezus noemen, omdat het bijna kerst is,' zei hij zachtjes, 'dan ben ik wel even Jozef. Alleen Maria is natuurlijk weer in geen velden of wegen te bekennen. Geeft niet hoor, Jezusje, we kunnen heel goed zonder haar.'

Toen pas schoot hem weer te binnen waar hij eigenlijk naar op weg was toen zijn ketting van zijn fiets af was gelopen. Hij zou bij zijn vriend Hendrik langsgaan voor het wekelijkse potje schaak met hapje en drankje. Hij kon een licht gegrinnik niet onderdrukken. Die zou ervan opkijken dat hij het kindje Jezus in eigen persoon als kerstcadeautje had meegenomen.

10

17.00 uur – Prinses Margrietschool – Het kantoor van de directrice

‘Hebt u vijanden?’

Net als in alle beroepsgroepen heb je ook bij de politie een klein aantal mensen die hun vak echt verstaan, een flink percentage middenmoters en een aantal mensen met zo weinig talent dat ze eigenlijk tewerkgesteld zouden moeten worden bij de plantsoenendienst. De twee agenten die op de melding van de vermiste baby af waren gestuurd, leken tot de laatste categorie te behoren.

‘Hebt u vijanden?’ vroeg het agentje dat niet veel ouder kon zijn dan twintig voor de tweede keer aan de verbijsterde ouders van de verdwenen baby. Ze schudden synchroon van nee. ‘Kan het zijn dat ze uw kind ontvoerd hebben voor een losprijs?’ deed zijn collega er nog een schepje bovenop.

De directrice kon het niet meer aanhoren en nam de twee agenten even apart. ‘Ik wil me er niet mee bemoeien, heren, maar misschien loopt u te hard van stapel.

Misschien is het handiger als u eerst eens een zoekactie gaat coördineren. En misschien even contact met het hoofdbureau. Signalement en zo. Politiebericht. Proberen de ouders een beetje gerust te stellen. Hier en daar wat rondvragen in de buurt. Wat collega's erbij. Van die dingen.'

De geërgerde toon ontging de agenten volledig. De een, mager met een vlassig plukje haar onder zijn kin, begon de ouders omstandig uit te leggen dat de meeste kinderen weer teruggevonden werden en de ander, klein en stevig, vroeg in zijn portofoon om assistentie.

De moeder begon weer te huilen. Tranen liepen over haar wangen, snot uit haar neus. Haar mond en kin trilden. Totale radeloosheid. De vader probeerde haar onbeholpen te troosten terwijl hij begonnen was de agent het signalement van de baby te geven. 'Ja, eh... klein, ongeveer zestig centimeter, twaalf weken oud, een beetje zwart haar... eh... ja, hoe ziet een baby eruit, u weet toch wel hoe een baby eruitziet?'

'Hoe heet de baby?' vroeg de kleine agent alsof hij opeens een geweldige inval had gekregen.

'Sabine,' snikte de moeder.

'Misschien is het handiger om te weten in wat voor kinderwagen het kindje lag en wat voor kleertjes ze aanhad,' bitste de directrice, die langzamerhand op ontploffen stond.

'Alles op zijn tijd, mevrouw,' zei het vlasbaardje, op een toon alsof hij de zaken perfect onder controle had, 'eerst nog even de achternaam.'

'Wat doet die er nou toe? Wilt u elke baby die u tegenkomt naar zijn achternaam gaan vragen?' De vader begon ook in de gaten te krijgen dat er niet veel schot in zat.

'Hoe ziet de kinderwagen eruit?' vroeg de agent met lichte tegenzin.

'Een beetje een eh... crèmekleurige kinderwagen, zo'n ouderwets model met grote wielen. En Sabine heeft... Maartje, wat heeft Sabine aan?' Maartje was echter niet aanspreekbaar. Ze huilde met gierende uithalen terwijl ze de mouw van haar blouse als zakdoek gebruikte. 'Ik geloof iets rozes... Ja, ze had geloof ik iets rozes aan,' zei de vader.

'Daar schieten we niet veel mee op, meneer,' meldde het kleine stevige agentje. 'Zo'n beetje alle meisjesbaby's hebben roze kleren aan.'

'Vraag het dan niet, als je het al weet,' kwam de directrice ertussendoor, 'en ga eindelijk eens zoeken. En haal onmiddellijk je hoogste chef erbij.'

11

16.40 uur – Fietstunneltje

Evert stond vanonder een fietstunneltje naar het troosteloze stadsparkje te kijken. Het was niet zo ver meer, maar het regende nu erg hard. Hooguit nog een paar minuten lopen tot de flat waar Hendrik sinds een tijdje woonde. De kachel stond er ongetwijfeld hoog en de jenever koud. Normaal gesproken zou hij geen moment hebben gescholen, hoe hard het ook regende, maar nu had hij een kostbare lading bij zich. Hij boog zich voorover en keek onder de kap. Sinds hij met het kindje Jezus op stap was gegaan, had deze nog geen kik gegeven. Nog steeds staken er alleen een knuistje en een neusje met een klein stukje hoofd onder het dekentje vandaan. Dat dekentje was al aardig nat geworden.

Het was geen kinderwagen die gemaakt was voor lange wandelingen in de regen. Meer een voor in de achterbak van een Volvo stationcar, vond Evert, en dan snel, hup, vanuit de auto het rijtjeshuis in. Als hij nog langer door deze stromende regen zou wandelen, stond het water tot aan de rand van de bak. ‘Nou heb ik wel eens gelezen dat baby's bij hun geboorte vanzelf kunnen zwemmen, maar om daar nou op te gokken...' mompelde hij. 'En dan, met je kleren aan zwemmen is pas bij het C-diploma, geloof ik.' Evert was normaal een man van weinig woorden, maar voor deze speciale gelegenheid maakte hij een uitzondering.

Er kwam een fietser aan. Evert aarzelde. Wat was het minst opvallend om te doen? Wat deed een oudere man met een kinderwagen zoal in een fietstunneltje? Hij kon niets beters bedenken dan in de wagen te blijven kijken. De fietser reed langs zonder op of om te kijken. Er viel trouwens niet zo heel veel meer te zien, want het was inmiddels aardig donker geworden en de plaatselijke sloopbrigade van opgeschoten rotjochies had op twee na alle lichtbakken in de tunnel gemold.

Evert aarzelde. Hij stond hier nu een paar minuten en het zag er niet naar uit dat het snel zou ophouden met regenen. Veel langer kon hij niet blijven staan met die kinderwagen, want het werd ook nog eens verrekte koud. Hij moest er zelf maar aan geloven. Hij trok zijn nieuw verworven regenjas uit en legde die als een tent over de kinderwagen. De mouwen knoopte hij, zo goed en zo kwaad als het ging, vast aan de stangen van de kap. Daarna deed hij de bovenste knoopjes van zijn slobberige colbertje dicht, sloeg de kraag omhoog en stapte de stromende regen in.

Hij liep zo snel als hij kon, een beetje krom, hoofd gebogen. Met één hand duwde hij de wagen voort en met de andere hield hij de regenjas op zijn plaats. Regen stroomde in zijn nek en over zijn rug. Ook zijn schoenen liepen vol, want de straat lag vol plassen. Hij had te veel omhanden om ook nog eens de plassen te ontwijken. Hij bedacht dat het er waarschijnlijk heel raar uitzag, maar het was niet het moment om zich daar zorgen over te maken. De fietsers die langskwamen zaten diep weggedoken in poncho's en regenpakken. Kleding waarin je niet eens goed opzij kón kijken, want dan zag je voornamelijk de binnenkant van je eigen capuchon.

Evert hijgde. Nog even. Hij zag de flat van Hendrik al.

Een minuut later hield hij onbeholpen de deur van de entree van de flat voor zichzelf en de kinderwagen open. Hij stootte nogal hard tegen de deurpost, maar er kwam godzijdank nog steeds geen geluid onder de regenjas vandaan. Hij belde aan bij nummer 227. De intercom kraakte. 'Evert Duiker, *I presume*?' klonk het.

'Yes, en mét mystery guest, heer Hendrik,' antwoordde Evert. 'En nou als de sodemieterij die deur opendoen, want we sterven van de nattigheid hier.' Er klonk een zoemer en Evert duwde een tweede deur open, die toegang gaf tot het halletje van de lift. De deur van de lift opende zich onmiddellijk na het indrukken van de knop. Hij stapte met de kinderwagen naar binnen en drukte op de zevende. Hij keek in de grote spiegel in de lift en moest grinniken, ook al was hij tot op het bot nat en verkleumd. 'Hier heb jij niet van terug, Hendrik, ouwe rukker.'

De liftdeur gleed open. Recht ervoor, met uitgestoken hand, stond Hendrik Groen. 'Een bijzonder goede dag, beste vrie–' Zijn mond viel een beetje open. 'Wat heb jij nou in godsnaam bij je, Evert?'

'Nou, "in godsnaam" is in dit verband wel toepasselijk, Henkie, want ik heb voor deze bijzondere gelegenheid als klein cadeautje het kindje Jezus zelf meegenomen.'

'Hoe kom jij in godsnaam aan een baby?' Verbijstering tekende zich af op het gezicht van Hendrik.

'Nou zeg je alweer "in godsnaam". Maar er is inderdaad sprake van een geschenk uit de hemel, dat mij min of meer toevallig in de schoot is geworpen. Wat ik er precies mee moet weet ik nog niet. Het is geen blijvertje, want ik moet het natuurlijk terugbrengen, maar het leek me voor een avondje wel grappig: twee ouwe kerels en een baby. Mooie titel voor een film.'

12

17.05 uur – Prinses Margrietschool

Harry de conciërge had er flink de pest in. 'De hele klerezooi voor mij laten liggen,' foeterde hij.

De gymzaal was een ravage. De ontruiming had minder ordelijk plaatsgevonden dan stond voorgeschreven in het ontruimingsplan van de school.

Kort na het begin van de ingelaste koffiepauze was de enige meester van de school door de directrice de zaal in gestuurd, met de opdracht iedereen zo snel en geruisloos mogelijk het gebouw uit te krijgen. De man had een moedige poging gedaan autoriteit uit te stralen, maar was kansloos geweest. Niemand begreep waarom het kerstspel opeens werd afgebroken, hijzelf ook niet. De directrice had, in de stille hoop dat de verdwenen baby opeens weer boven water zou komen, besloten zo min mogelijk mensen in te lichten over de reden van het onverwachte einde van de voorstelling.

De meester had de microfoon gepakt en iets gestotterd over een zieke hoofdrolspeler, maar hij had niet bedacht dat iemand zou kunnen vragen wie er ziek was.

Toen dat wel gebeurde had hij, na enig aarzelen, op Maria gegokt, maar die stond twee meter van hem vandaan haar chocomel te drinken. Toen de vader van Maria hem daarop attendeerde, had hij gestameld dat hij zich 'mogelijk' vergiste. 'Ik zal het nog even navragen, straks, maar nu is het beter dat iedereen zijn spullen pakt en rustig naar huis gaat. Dan hoort u zo spoedig mogelijk wat er precies aan de hand was. Dus als u me nu verder wilt excuseren... Ik moet achter nog het een en ander doen en meneer Van Staveren zal hier de zaken verder begeleiden.' En weg was-ie.

Harry was begonnen iedereen naar de uitgang te drijven, maar er werd tegengestribbeld. Kinderen en ouders hadden overal jassen en tassen liggen en waren niet van plan zonder hun spullen te vertrekken. Het was een chaos geworden.

Uiteindelijk was de gymzaal leeg. De conciërge keek woedend naar de puinhoop van omgevallen stoelen, halflege plastic bekertjes en platgetrapte chips. Aan verschillende stoelen zat kauwgom geplakt. Kwaad schopte hij net een klapstoel omver toen de agent met het vlasbaardje binnenkwam.

'Ik wil u even een paar vragen stellen,' zei de agent.

'Moet dat nu?' zei Harry met duidelijke tegenzin.

'Ja, dat moet nu.'

'Nou, vooruit dan maar. Nog later thuis, dat kan er ook nog wel bij.'

'U bent de conciërge?'

Harry knikte vermoeid.

'Kunt u me zeggen wanneer u het kindje voor het laatst hebt gezien?'

'Ja dat, eh... ik heb dat kindje... eigenlijk helemaal niet gezien,' zei hij opeens triomfantelijk. 'Ik heb alleen een kinderwagen gezien. Ik heb niet gekeken of er ook wat in zat.'

'Laten we aannemen dat dat kindje in die wagen lag, wanneer hebt u dan die wagen voor het laatst gezien?'

'Eh... eens effe denken... Ik heb die... ik heb Tjeerd er het laatst bij zien staan. Die moest er geloof ik op passen.'

'Wie is Tjeerd?'

'Dat is onze melkertbaan, of hoe dat tegenwoordig ook heet. Die moest erop passen. Zal-ie wel niet zo goed hebben gedaan.'

'U bedoelt meneer Van Dongen? De heer Van Dongen heeft tegenover mijn collega verklaard dat u hem hebt weggeroepen om in de zaal te komen helpen,' zei de agent op een toon die verraadde dat hij vaak naar *Baantjer* had gekeken.

Harry kreeg het warm. 'Nou, als hij dat heeft gezegd, dan zal dat wel zo zijn, maar ik stond er hier alleen voor en Hetty had gezegd dat ik dan maar Tjeerd moest inschakelen.'

'Wie is Hetty?'

'De directrice, bedoel ik, mevrouw Schutter.'

'Hebt u, toen u meneer Van Dongen ging halen, gezien wat er met die kinderwagen is gebeurd?'

'Nou ja, dat was zijn zaak. Ik heb alleen gezegd dat hij die kar maar zolang in de plee moest zetten.'

'In de wat?'

'Ik heb gezegd dat hij er even een geschikte plek voor

moest zoeken. Wat hij toen verder heeft gedaan is zijn verantwoordelijkheid. Toch?'

'U hebt niet gezien waar hij toen de kinderwagen heeft neergezet?'

'Ik meen me vaag te herinneren dat hij die even zolang in het halletje van de wc's heeft neergezet. Maar dat blijft natuurlijk zijn zaak. Ik sta daarbuiten. Ik bedoel, ik moest binnen het kwartier tweehonderd limonade en chocomel ingeschonken krijgen, dus mijn hoofd stond niet zo naar baby's. Of wel soms?'

Er viel een stilte.

'Is er iemand die uw verhaal kan bevestigen?' vroeg de agent.

'Nou ja... Tjeerd zelf was erbij, maar hem kennende zal hij wel weer met een of ander excuus aankomen om zijn eigen straatje schoon te vegen. Verder heb ik eigenlijk niets gezien, of niemand. Nee, niet dat ik me herinner.'

'Niemand dus,' zei de agent peinzend.

'Eigenlijk zou ik nu graag even de rommel verder opruimen. Want als ik het nu niet doe, kan ik het morgen op mijn vrije dag komen doen. Het is bijna Kerstmis, hè.'

'Het spijt me, maar u mag helemaal nergens aan komen. Alles moet blijven liggen zoals het nu ligt in verband met het sporenonderzoek op de plaats delict. En ik moet u verzoeken voorlopig hier te blijven.'

'Hoe lang dan wel niet?' sputterde Harry.

'Zolang als nodig is voor het onderzoek. Dat is het voor dit moment.' De agent tikte tegen zijn pet en verdween richting het kantoor van de directrice.

Harry keek hem na en vloekte zacht.

13

16.55 uur – Flat van Hendrik

'Evert, Evert, Evert, wat heb je ons nou toch op de hals gehaald?' Ik wist dat mijn vriend af en toe wat impulsief kon handelen, maar dit was zelfs voor zijn doen erg onnadenkend. Een baby als verlate sinterklaassurprise! Ik moest moeite doen om mijn woede en ergernis te onderdrukken.

Evert hing zijn jas, nadat hij die van de wagen had losgeknoopt, aan de kapstok en duwde de kinderwagen de kamer in. Samen bogen we ons over de wagen. Ik schoof heel voorzichtig het dekentje een stukje naar beneden en deed de baby haar natte mutsje af; het kleintje zou kou kunnen vatten. Evert vroeg om een handdoek om zichzelf een beetje af te drogen en die gaf ik hem. Daarna plofte hij met een zucht op de bank.

'Nou, leg maar eens uit,' zei ik scherp.

Hij keek moeilijk. Het begon langzaam tot hem door te dringen dat de aanwezigheid van een kinderwagen met inhoud in mijn huis wel eens wat problemen kon gaan geven.

‘Het was een opwelling omdat ik in dat wc’tje stond met iemand anders zijn jas aan en net in die kinderwagen stond te kijken. Ik voelde me een soort van betrapt.’

‘Welk wc’tje, waar heb je het over? Begin maar liever bij het begin.’

‘Nou, eh... ik was op weg hiernaartoe, maar ik moest ineens heel nodig naar de wc...’ Het hele verhaal kwam eruit. Hij besloot met: ‘En tot ik hier aanbelde, vond ik het eigenlijk allemaal nog best grappig. Ik heb een beetje een black-out gehad. Wat een lul ben ik toch.’

‘Soms,’ vulde ik aan. Mijn boosheid maakte langzaam plaats voor medelijden.

Ik ken Evert toch al jaren, maar ik geloof niet dat ik hem ooit zo verslagen had gezien. Ik weet ook: er zit geen greintje kwaad in hem. Daarbij is hij honderd procent betrouwbaar. Als ik zou moeten onderduiken ging ik onmiddellijk naar hem toe. Hij zou meteen een gezellige schuilkelder voor me inrichten en liever doodgaan dan me te verraden.

‘Oké,’ zei ik, ‘behoorlijk stom, maar we praten er niet meer over. Dat kind moet wel zo snel mogelijk terug, want ze zoeken zich natuurlijk een ongeluk.’

Evert knikte. Hij had, ook voor het eerst sinds ik hem ken, geen praatjes.

‘Die ouders zijn vast en zeker radeloos,’ voegde ik er nogal onnodig aan toe.

‘Ja, verdomme Henk, ik weet het. Ik denk na. Hoe we de schade een beetje beperkt kunnen houden.’ Hij pauzeerde even. ‘Ik kan de hele handel wel weer terugrijden, maar ik denk niet dat dat ongezien gaat lukken.’

‘Het moet in ieder geval ongezien, jongen. Als jij in

de krant komt als de grappenmaker die zomaar een baby meenam, heb je geen leven meer. Dan kun je beter naar de Noordpool verhuizen.'

Er viel een korte stilte.

'En als je naar de politie gaat en zegt dat je die kinderwagen onbeheerd op straat zag staan?' Dat vond ik nog niet zo'n gek idee van mezelf.

Nee, dat kon niet, zei Evert, want hij was gezien door een vader met zijn zoontje, en door een vrouw bij de uitgang van de school.

Ik stelde voor dat ík de baby terug zou brengen.

'Ja, dan ben jij medeplichtig,' bracht Evert ertegen in, 'en hebben we straks twee bejaarde grappenmakers die naar de Noordpool moeten verhuizen.'

Het bleef opnieuw een tijdje stil. Het viel me opeens op dat mijn schoenen kraakten omdat ik ijsbeerde.

Ik opperde: 'Stel... jij brengt dat kindje hier ergens in de buurt naar een beschutte plaats en ik bel intussen die school om te zeggen waar de kinderwagen staat...'

'Maar waarom moet jij bellen?' vroeg Evert.

Ik legde uit dat de baby dan niet zo lang in de kou hoefde te staan. 'En we moeten de wagen afdekken met een vuilniszak of zo, zodat de boel niet nog natter wordt.'

'En waar zou ik de kinderwagen dan het beste kunnen neerzetten?' vroeg mijn vriend. Na rijp beraad kozen we voor het fietstunneltje in het park. Evert vond het bij nader inzien geen goed plan dat ik mijn huistelefoon zou gebruiken. Hij dacht dat ze dat nummer zouden kunnen traceren en dus besloten we dat ik naar de telefooncel bij het busstation zou lopen.

'Gaan we tegelijk de deur uit en zijn we ook weer ongeveer tegelijk thuis om een paar stevige borrels te nemen op de goede afloop.' Hij kreeg al weer praatjes.

Ik zocht in de telefoongids het nummer van de school. Evert vatte het plan samen terwijl hij alvast zijn jas weer aantrok. 'Oké, ik loop met de baby naar het fietstunneltje. Jij loopt de andere kant op naar het busstation in... laten we zeggen een minuut of tien en belt daarvandaan naar die school.'

'Oké, zo gaan we het doen. *Let's synchronise our watches.*'

'Huh?'

'Laat maar.' Ik trok mijn jas aan. 'Ik vertrek als eerste om beneden te kijken of de kust veilig is. Als ik dan straks aanbel, moet jij zo snel mogelijk met de kinderwagen in de lift stappen, naar beneden komen en rechtstreeks naar dat tunneltje lopen. Ik ben dan al onderweg.'

Even later stapte ik de lift in, ging zeven verdiepingen naar beneden, stapte naar buiten om te kijken of er niemand aankwam en drukte toen op mijn eigen bel. Ik hoorde de lift weer naar boven gaan, liet de buitendeur dichtvallen en liep zonder op of om te kijken de straat uit.

14

17.25 uur – Prinses Margrietschool

'Wilt u koffie? Of thee? Of misschien iets fris?' Voor de derde keer schudde de moeder van nee. Ze zat in elkaar gedoken en zo wit als een laken voor zich uit te staren, terwijl de tranen over haar wangen bleven stromen. De vader zat ernaast, net zo bleek.

In het kantoortje zaten verder de directrice, de man met de melkertbaan, de juffen van de tweede en de vijfde klas en twee nieuwe politieagenten. Verspreid over het gebouw waren zes man van de technische recherche op zoek naar sporen. De conciërge had opdracht gekregen om bij ze in de buurt te blijven voor het geval ze iets nodig hadden of iets wilden weten.

De twee agenten van het eerste uur stonden nu op het schoolplein in de ijzige regen de wacht te houden bij de voordeur. Ze waren binnen afgelost door twee heren met meer strepen en meer verstand van zaken. Er werd druk gebeld met hoge pieten van gemeentelijke instanties. Er werd een team samengesteld van politie-agenten, die zo snel mogelijk zouden starten met een zoekactie in de directe omgeving van de school.

De directrice was bezig een lijst samen te stellen met alle kinderen en ouders die bij de kerstvoorstelling waren geweest. Die werd doorgemaild naar het hoofdbureau van politie, waar vier agenten klaarzaten voor een ronde telefonische ondervraging. De burgemeester en de officier van justitie waren ingelicht en zouden, als het baby'tje tegen zeven uur nog niet terecht was, naar het politiebureau komen om zichzelf aan het hoofd van het crisisteam te plaatsen. De persvoorlichter was al onderweg. Het eerste telefoontje van een lokale krant was al binnengekomen. 'Het duurt niet lang meer,' zei een van de agenten, 'of er staan hier twintig journalisten en vijf cameraploegen op de stoep.'

De directrice had er spijt van dat ze gisteren haar afspraak bij de kapper had afgezegd.

De politie kampte met personele problemen. De bezetting was minimaal en het oproepen van reservekrachten verliep moeizaam. Om de directe omgeving een beetje effectief uit te kammen had je toch wel een man of dertig nodig, en veel meer dan een stuk of vijftien agenten waren er nog niet. 'Met zo weinig mensen een wijk uitkammen, dat lukt niet,' verzuchtte hoofdagent De Rooy, die als hoogste in rang tijdelijk de leiding op zich had genomen, in afwachting van orders van het hoofdbureau. Het zou niet lang meer duren of de hoofdcommissaris zelf zou aan de telefoon hangen. Daar zal je hem misschien al hebben, ging het door hem heen toen de telefoon ging.

De directrice nam op. 'Prinses Margrietschool, met

mevrouw Schutter.’ Ze luisterde even. Toen trok ze met haar vrije hand bijna de strepen van het uniform van de dichtstbijzijnde agent en gebaarde heftig naar de telefoon. ‘Hoe zegt u? ... Ik herhaal het even: het tunneltje in het Julianapark, onder de Paulus Potterlaan door. En met wie heb ik ge–’ Aan de andere kant was kennelijk opgehangen. Een moment was ze te verbijsterd om iets te zeggen. Toen kwam ze bij zinnen. ‘Ik krijg net een telefoontje van een man die zegt dat de baby en de kinderwagen zojuist zijn neergezet in een tunneltje in het Julianapark, onder de Potterlaan door.’

‘Wat zegt u?’ zeiden twee agenten tegelijk.

De vader viel half van zijn stoel. De moeder stond op en ging verder met huilen, nu weer met gierende uithalen. Terwijl de vader opkrabbelde en een arm om zijn vrouw heen sloeg, trok de hoofdagent de telefoon, die de directrice nog steeds in de lucht hield, uit haar hand en luisterde of er nog iemand aan de lijn was. ‘Hallo? Hallo?’ Toen pakte hij zijn portofoon en met zijn gewichtigste politiestem zei hij: ‘Hier H.A. 23, alle units naar Julianapark, alle units naar Julianapark, naar het tunneltje onder de Potgieterlaan. Er zou daar een kinderwagen met een baby erin zijn neergezet. Ik herhaal: kijk uit naar een kinderwagen met inhoud, vermoedelijk in de buurt van het tunneltje onder de Potgieterlaan.’

‘De Potterlaan,’ verbeterde de directrice hem.

‘Correctie, de Potterlaan, het tunneltje onder de Potterlaan, Potter, van dat toverboek.’

‘Nee, van Paulus, van Paulus Potter,’ kwam de directrice er weer tussendoor, ‘van de stier.’ De schooljuf in haar was onuitroeibaar.

De agent wierp haar een geïrriteerde blik toe – hij kende alleen Paulus de Boskabouter – en sprak verder in zijn portofoon: 'Hier H.A. 23 voor alle units: verdachte personen in de buurt van het fietstunneltje aanhouden en meenemen naar het hoofdbureau. Over.'

De moeder van het verdwenen kerstkind stond intussen zenuwachtig haar jas aan te trekken. De vader zocht zijn jas, realiseerde zich toen dat die verdwenen was en knoopte dan maar zijn colbertje dicht.

'Waar is dat tunneltje, dat fietstunneltje?' vroeg de vader aan een van de juffen. Die schudde haar hoofd en zei dat ze het niet wist. 'Weet iemand hier waar dat tunneltje is?' riep de vader paniekerig door het kantoortje.

'Het lijkt me voor u verstandiger om hier te wachten,' zei de agent, maar hij onderschatte de ouderinstincten. Eindelijk kon er iets worden gedaan en nu waren ze door geen tien politiemannen meer tegen te houden.

'Weet u de HEMA?' kwam de melkertbaan ertussendoor. De vader knikte. 'Vanaf de HEMA ga je richting centrum over het Zuideinde en een paar honderd meter verder aan je linker... nee, aan je rechterhand is de ingang van het park en weer iets verder is dat tunneltje.'

'Bemoei jij je er niet mee, Tjeerd,' snauwde de directrice.

'Maar ik wijs alleen maar de weg.'

'Bemoei je er niet mee, Tjeerd,' zei ze nog nadrukkelijker, en tegen de ouders: 'U kunt denk ik beter hier wachten tot...'

Maar ze struikelden de deur al uit en hoorden haar

niet meer. De vader bleef met zijn jasje haken achter de deurknop, maar kwam met een flinke ruk weer los en liep de gang in.

15

17.40 uur – Flat van Hendrik

Zenuwachtig liep ik heen en weer in de buurt van het knopje om de deur te openen. Evert had nu wel zo'n beetje terug moeten zijn. Ik schrok toch nog toen een minuut later vlak naast me de zoemer ging.

Toen even daarna de liftdeur opengleed, was het eerste wat ik zag de kinderwagen en vlak daarachter een asgrauwe Evert in het witte tl-licht van de lift.

'Wat is er gebeurd, waarom heb je die baby nog steeds?' vroeg ik terwijl ik mijn vriend zo snel mogelijk weer de flat in loodste en de deur op slot deed.

'Er hingen daar allemaal Marokkaanse jongens rond. Wel een stuk of tien. Toen ik ze zag, heb ik nog een paar minuten gewacht, maar het zag er niet naar uit dat ze snel weg zouden gaan. En langer durfde ik niet te blijven. En ik durfde ook niet de kinderwagen in het donker in de regen te laten staan. Dus toen ben ik weer hiernaartoe gelopen. En voor de deur hoorde ik de sirenes al.'

'Nou, die krijgen nu de politie op visite, denk ik zo.

Ze zullen raar opkijken. Allebei trouwens. De politie zal ook raar opkijken.' Ondanks de sores moest ik grinniken. 'Dat wordt niet integreren vanavond.'

We zaten een tijdje zwijgend voor ons uit te kijken. Evert schonk zichzelf een borrel in. Ik ontkurkte een fles rode wijn. Er zat zo'n nieuwerwetse plastic kurk in. 'Eigenlijk dus geen kurk, want die is van kurk,' mompelde ik, 'en eigenlijk moet je zo'n fles dus ook niet ontkurken maar ontplasticcen. En dan krijg je die plastic kurk daarna meestal met geen mogelijkheid meer in de fles en als dat dan toch lukt, moet je hem opnieuw met de kurkentrekker ontplasticcen, want dan zit hij weer te vast om 'm met de hand eraf te halen. Moderne fratsen. Doe er dan maar meteen een schroefdop op.'

'Wat zit je allemaal voor je uit te brabbelen, Henkie? Ben je een nieuwe list aan het verzinnen?'

'Nee, ik was even met mijn gedachten ergens anders, namelijk bij die moderne plastic kurken die...'

Allebei verstijfden we. Uit de kinderwagen kwam gehuil.

16

17.35 uur – Fietstunneltje

Met gillende sirene kwam een politiewagen over het fietspad aangescheurd en reed het fietstunneltje in. In het licht van de koplampen stonden een stuk of tien Marokkaanse jongens van een jaar of zestien, zeventien. Stomverbaasd. Er werd geschreeuwd.

'We hebben niks gedaan, jongen. Ze kunnen ons nergens op pakken. Gewoon blijven staan.' En ze bleven staan, maar wel allemaal zo veel mogelijk achteraan.

De wagen remde hard en kwam midden in het fietstunneltje tot stilstand. Er sprongen twee agenten uit, die daarna enigszins verbaasd om zich heen keken. Ze leken iets te zoeken.

'Hebben jullie hier een kinderwagen zien staan?'

Het drong tot de meeste jongens niet meteen door dat het een vreemde vraag was, op die plek en op dat tijdstip. Eén vond het wel grappig en deed een huilende baby na.

Meteen werd de sfeer grimmig. Een tweede politiewagen stopte met piepende banden. Ook hier sprongen twee agenten uit.

Een van de jongens besloot dat de tijd rijp was om ervandoor te gaan en sprintte naar het andere eind van de tunnel. Een tweede volgde zijn voorbeeld. Ze hadden de pech dat er van de andere kant nu ook een politiewagen aankwam. De agenten reageerden op de weghollende jongens als jachthonden op een vluchtend konijn.

'Staan blijven!' Met getrokken pistool stond een agent die maar een paar jaar ouder was dan de vluchtende jongens, midden in het fietstunneltje. Overal werd geschreeuwd. Een van de twee stopte. De ander rende door.

'Sta of ik schiet!' klonk het van twee kanten. Een agent besloot dat dit het moment was voor een schot in de lucht. Dat moet je in een tunneltje niet doen. De kogel ketste terug en ging dwars door het dak van de politieauto. Het geluid van het schot weerkaatste tegen de betonnen wanden en daarna was het even stil. Ook de jongens die ervandoor hadden willen gaan, bleven staan.

'Tegen de muur, tegen de muur! Nu! Allemaal.'

'Waarom? We hebben niks gedaan. We staan hier alleen maar.'

'Bek dicht en tegen de muur, NU!'

'Discriminatie!'

'Ja, discriminatie, en nou je kop dicht of ik sla hem dicht.'

'Ik stond hier alleen maar.'

'Omdraaien. Handen tegen de muur.'

In het tunneltje, verlicht door de koplampen van drie auto's, stond nu een keurig rijtje jongens met hun handen tegen de muur.

Een agent pikte degene die er het bangst uitzag uit de rij, draaide een arm op zijn rug en vroeg waar de kinderwagen was. De jongen had geen idee waar het over ging en keek in paniek naar zijn vrienden.

'Waar is die kinderwagen?' vroeg de agent nogmaals en hij gaf tegelijkertijd een rukje aan de arm.

'Ik weet het niet. Waar heb je het over, er is hier geen kinderwagen, dat zie je toch.' De agent gaf een harder rukje aan de arm, die hij op de rug gedraaid hield. 'Au, doe normaal man.'

'Sorry,' zei de aangesprokene en hij trok de arm nog iets verder omhoog.

'H.B. H.B. Hier wagen 27. In het fietstunneltje geen kinderwagen. Wel een stuk of tien verdachten. Allemaal Marokkanen. Geloof ik. Graag instructies, over.'

'Hier H.B., hier H.B. Er komt versterking aan. Iedereen aanhouden en opbrengen. Over.'

'En die kinderwagen, moeten we daar nog wat mee? Over.'

'Zodra er genoeg mensen zijn de omgeving uitkammen. Over.'

'Wat is genoeg? Over.'

'Begin maar met wat je kunt missen voor het arresteren van die gasten. En graag zo snel mogelijk. Over.'

'Begrepen. Over en sluiten.'

'Succes. Over en sluiten.'

Het was een opmerkelijk beeld: zes opgefokte agenten en tien opgefokte jongens bij het licht van zes koplampen en drie zwaailichten in een fietstunneltje waarvan de meeste lampen stukgegooid waren en de muren vol stonden met veelkleurige graffiti en wijze spreuken als ‘Met Thijs naar het Paradijs’, ‘Jezus Kleeft’ en ‘Shirly is een kuthoer’.

Midden op het fietspad stonden de glimmende scooters van de jongens, zeven op een rij. Een agent deed een stap achteruit en botste per ongeluk tegen de eerste aan. Met veel geraas gingen er vier als dominostenen tegen de grond. Iedereen keek geschrokken op. Heel even was het angstaanjagend stil.

De dikste en traagste agent was de eerste die een kopstoot te pakken had en tegen de grond ging voor hij ook maar in de gaten had wat er aan de hand was. De tweede kreeg een schop in zijn kruis en klapte dubbel. De derde en vierde konden de eerste klappen min of meer afweren en stapten achteruit. Agenten vijf en zes stonden iets verder weg en hadden nog tijd om hun knuppel te trekken en erop los te slaan om hun collega’s te ontzetten. Maar het blauw was numeriek in de minderheid en van enige organisatie was geen sprake. Binnen enkele seconden lagen drie agenten op de grond en stonden de overige drie met hun rug tegen de muur tegenover de slaande en schoppende, woedende tieners. Een agent trok zijn pistool, dat onmiddellijk uit zijn handen werd geschopt en waar een vertwijfeld grondgevecht over ontstond. Een tweede agent trok zijn pistool. Er klonken drie schoten. Er werd geschreeuwd en gescholden. Toen keerden de kansen op het slagveld. Twee politiebusjes vol agenten kwamen met piepende remmen tot stilstand en gaven de situatie binnen twee minuten een heel ander aanzien. Tien jongens lagen plat op de grond, handen op de rug in de handboeien. Geen van hen was ongehavend. Een aantal was onzacht met hun kop tegen de stoep geslagen, een arm hing uit de kom, een hand bloedde.

Tegen de muur zat een agent met een kogel in zijn bovenbeen. Twee anderen zaten zich iets verderop met hun hoofd in hun handen af te vragen wat er eigenlijk was misgegaan.

Bij de ingang van het tunneltje stonden, stokstijf en lijkbleek, een man en een vrouw: de radeloze vader en moeder. Allebei doorweekt. De man in zijn colbertje.

'H.B., H.B., komt u in. Hier wagen 27. Over.'

'Hier H.B., komt u uit. Over.'

'Zo snel mogelijk meerdere ambulances, we hebben drie gewonde collega's, een met schotwond. En busjes voor een stuk of tien arrestanten. Die zijn ook niet meer allemaal heel. Over.' En tegen de dichtstbijzijnde agent: 'Zorg dat die twee mensen daar doorlopen.'

'27, 27, hoe zit het met die kinderwagen? Over,' kraakte het bijna gelijktijdig uit zijn mobilofoon.

17

17.50 uur – Flat van Hendrik

Op het kleine balkonnetje van mijn tweekamerflat stond ik richting park te turen. Ik zag inmiddels zeven politiewagens staan, vier ambulances en een flink aantal motoragenten. Een kermis van zwaailichten in het donker. Onvoorstelbaar. Sinds mijn tijdelijke verhuizing naar dit flatje, nu toch alweer een goed jaar geleden, was mijn leven weer een stuk rustiger geworden. Op het gezapige af, mag ik wel zeggen. Niks mis met af en toe een beetje reuring, maar dit was toch wat veel van het goede. Medeplichtig aan de ontvoering van een baby en in het parkje voor de deur een veldslag vanwege een kinderwagen die er niet stond. Een uur geleden was mijn voornaamste zorg nog geweest of de jenever koud genoeg was. Binnen zat mijn vriend Evert met een baby op schoot die niet van plan leek te stoppen met huilen. Ik ging naar binnen en sloot de balkondeur. Vanaf het balkon keek Bas me verwijtend aan.

'Neem eens effe over, Henk,' klonk het benauwd vanaf de nepleren driezitsbank, ‘ik word tamelijk zenuwachtig van dat gejank.’

‘Dat kind zal wel gewoon hartstikke honger hebben.’

‘Heb je iets in huis?’ vroeg Evert onnozel.

‘Chips, leverworst, kaasstengels, eigenlijk alles wat baby’s lekker vinden.’

‘Leuk, heel leuk.’

‘Ja, als jij zo slim bent om een baby mee te nemen, dan verwacht ik ook dat je wat te eten en drinken voor onze kleine gast meeneemt. Wat dacht je van baby pangang? Ik zal even vragen of ze er sambal bij wil. Ik denk tenminste dat het een zij is, vanwege al dat roze.’

‘Hou haar nou even vast, dan ga ik heel snel op en neer naar de C1000 om te kijken of ik iets van babyvoeding kan krijgen.’

‘Weet je wat, vriend, blijf jij hier maar lekker zitten, dan ga ík naar de C1000. Ik kan ook niet zo heel goed tegen huilende kinderen.’

‘Oké, maar schiet een beetje op, wil je.’ Evert zat er niet meer zo fris bij.

‘Ik ben zo snel mogelijk weer terug.’

Ik trok mijn jas aan, controleerde of ik mijn portemonnee bij me had en stapte de deur uit.

Buiten regende het nog zacht. Er klonk een sirene: de zoveelste ziekenwagen. In de verte waren de zwaailichten duidelijk te zien. Niet vergeten straks naar het nieuws te kijken. Ik zette er flink de pas is en stapte vijf minuten later de supermarkt binnen. Maakte ik er eindelijk ook eens gebruik van dat de grote winkels tegenwoordig allemaal tot acht of negen uur open waren.

Ik weet vrij aardig de weg naar het brood en de kaas,

maar op de afdeling babyvoeding was ik een tijdje niet geweest. Ongeveer achtendertig jaar geleden voor het laatst. Ik moest er even van slikken.

Even later stond ik voor een schap met tientallen potjes Nutricia. Hoe oud zou dat kindje zijn? Twee maanden, vier maanden, zes maanden? Voor de zekerheid stopte ik voor elke leeftijdscategorie twee potjes in mijn mandje. Alleen begon het pas bij vier maanden. Voor het geval de baby alleen maar melk dronk, koos ik de kleinste bus melkpoeder voor kinderen tot zes maanden. Een potje fruithapje kon ook geen kwaad, besloot ik. Dat kon ik eventueel ook zelf opeten. Ik liep naar de kassa, toen ik besefte dat ons kerstkindje al uren niet meer verschoond was. Luiers! En vochtige doekjes. Toen ik ook die had gepakt, keek ik in mijn mandje. Een beetje vreemde aankopen voor een man van zeventig. Opnieuw draaide ik me om en zocht wat boodschappen die als dekmantel konden dienen. Een blik soep, afwasmiddel en een fles wijn leken me als afleidingsartikelen wel geschikt. Toch had ik bij de kassa het gevoel dat iedereen met verwonderde blikken in mijn mandje gluurde.

'Vierenveertig euro vijfentachtig, alstublieft.'

'Tjonge, dat is niet niks.'

'Wat zegt u?' vroeg de caissière.

'Nee, niets. Ik stond een beetje in mezelf te praten.'

'Geeft niks, hoor,' zei ze verveeld.

Het ontbrak er nog maar aan dat ze er 'opa' achteraan zei.

Buiten haalde ik opgelucht adem en liep zo snel ik kon terug naar huis. Een paar honderd meter verderop in het park was de rust nog steeds niet weergekeerd. Er waren nog steeds zwaailichten te zien, maar ik had geen tijd om er aandacht aan te besteden. Er wachtte een vriend in nood.

18

18.15 uur – Politiebureau

Hij had in zijn carrière al heel wat ellende meegemaakt, maar met deze situatie wist agent Voorberg zich geen raad. Hij had zijn politiepet afgezet en wiste met een grote zakdoek het zweet van zijn voorhoofd. Ongelukkig toeval, op de zakdoek stond: 'Papa is de liefste'. Het was een vaderdagcadeau van zijn dochter van vijf. Hij stopte hem snel weg.

Tegenover hem zaten de meest hulpeloze hoopjes ellende die hij in tijden aan zijn bureau had gehad: Johan en Maartje Verbeek, vader en moeder van Sabine Verbeek, twaalf weken oud en twee uur zoek.

'Meneer en mevrouw... de stand van zaken zoals wij die nu kennen is de volgende. Uw dochtertje is tussen...' hij keek even in zijn aantekeningen, 'tien over vier en vijf voor half vijf in haar kinderwagen meegenomen door een oudere heer in een crèmekleurige regenjas. Dat is waarschijnlijk uw regenjas, die over de kinderwagen hing. We hebben een andere regenjas gevonden in een van de kinder-wc'tjes en vermoeden dat die van de dader is. Die jas wordt momenteel onderzocht. Er zijn twee getuigen die deze meneer met de kinderwagen het halletje van de wc's uit hebben zien lopen, richting de uitgang van de school. Deze twee getuigen, een man en zijn vijfjarige zoontje, worden op dit moment van huis gehaald om een verklaring af te leggen en voor zover mogelijk een signalement te geven. Het zou kunnen dat het om een ontvoering gaat. Kunt u redenen bedenken waarom iemand uw kind zou ontvoeren?'

De vader schudde langzaam van nee. 'Nee, met de beste wil van de wereld niet. Ik kan me niet voorstellen waarom iemand dat zou doen.' De moeder depte met een groezelige zakdoek onophoudelijk haar rode ogen en schudde alleen haar hoofd. Ze leek nauwelijks aanwezig te zijn bij het gesprek.

'Kijk,' ging de agent verder, 'het wonderlijkste is dat telefoontje dat we hebben gekregen, waarin gemeld werd dat uw kindje in een tunneltje in het park zou staan. Nou, u hebt zelf gezien wat daar allemaal aan de hand was, maar een kinderwagen hebben we niet gevonden. Misschien is de vermoedelijke dader toch bang geworden, maar het kan ook heel goed een afleidingsmanoeuvre zijn geweest. Het zou kunnen dat uw kind om andere redenen is meegenomen.'

'Zoals?'

'Tja, dat kan van alles zijn. Bijvoorbeeld om haar zelf te houden.'

Een gierende uithaal van de moeder.

'Er is u niets bijzonders opgevallen de laatste... laten we zeggen, de laatste week?'

Opnieuw schudde de vader heel langzaam zijn hoofd.

'Nee.' Hij keek opzij naar zijn vrouw en zag dat het zinloos was iets aan haar te vragen. 'Hebt u misschien iets om mijn vrouw een beetje te kalmeren?'

'We zullen dadelijk even een dokter naar haar laten kijken.'

'En wat gaat u nu doen?'

'Er wordt momenteel gezocht in de omgeving van de school, in het park bij het fietstunneltje en bij andere fietstunneltjes in de omgeving. En we ondervragen alle mensen die in de school aanwezig waren. Als we genoeg agenten kunnen oproepen, wordt er vanavond nog een buurtonderzoek gestart, anders morgenochtend. We hebben een man of vijfentwintig op de zaak gezet.'

'Is dat genoeg?' vroeg de vader.

'Tja, daar kan ik niet zo veel over zeggen. We doen ons best. En verder wordt er gewerkt aan een extra politiebericht.'

'Kan dat een beetje snel?'

'We geven het nog even de tijd. Er is op dit moment nog overleg gaande hier op het bureau. De burgemeester is er al en er wordt gewacht op de komst van de officier van justitie, de hoofdcommissaris en de persvoorlichter. Waarschijnlijk wordt er later op de avond een korte persconferentie gegeven, want we worden platgebeld door journalisten.'

'Moeten wij daarbij zijn?' vroeg de vader. Hij zat onophoudelijk over zijn voorhoofd te wrijven.

'Voor nu lijkt het me beter dat u naar huis gaat en probeert een beetje tot rust te komen. Woont u ver? Bent u trouwens in staat te rijden? Ach, nee, nee, laat u de auto maar staan, ik zal ervoor zorgen dat een collega u thuisbrengt. Wilt u dat de dokter eerst nog even naar uw vrouw kijkt? Er blijven voorlopig steeds twee van onze mensen bij u, maar misschien wilt u ook nog een vriend of een familielid erbij hebben?'

Dat waren te veel vragen tegelijk. Grauw en kapot staarde de vader hem niet-begrijpend aan. Het gezicht van zijn vrouw ging schuil achter twee handen en een prop zakdoek.

19

18.20 uur – Flat van Hendrik

'Ja, en waar moet dat dan in?' vroeg Evert met een bus poedermelk in zijn handen.

We waren na enig overleg tot de conclusie gekomen dat de baby voor de maaltijdpotjes waarschijnlijk nog aan de jonge kant was. We hadden nog even geprobeerd of er met een theelepeltje wat fruithapje naar binnen geschoven kon worden, maar het liep er gewoon weer uit.

'En ondertussen blijft die hummel maar huilen, maar wel heel beschaafd.' Ik merkte dat ik meer en meer ontroerd en vertederd raakte.

'Waar moet dat in, Hendrik?' vroeg Evert opnieuw poeslief.

'Weet ik veel. In een kopje of zo.'

'Een kopje, dacht meneer. Sinds wanneer drinken baby's uit een kopje? Wat dacht je van een flesje met een speentje?'

'Ja, dat weet ik ook wel, maar dat hebben we niet.'

'Nee, dat hebben we niet. Want dat heb je niet meegenomen. Dus ga ik dat maar even halen, anders krijgen we er nooit van z'n lang zal ze leven wat in, in dat mondje.'

'Maar hebben ze dat ook bij de C1000?'

'Denk het niet. Volgens mij moet ik bij een drogist zijn. Waar is de dichtstbijzijnde drogist?'

'Eehhh... dat is denk ik de Trekpleister, op het Breugelplein. Als die open is tenminste.'

'Het is een koopavond voor kerst, daar hebben we bij alle pech dan weer mazzel mee. De Trekpleister, heet die winkel echt de Trekpleister?'

'Ja, rare naam, hè?'

'Nou ja, als ze maar flessen en spenen hebben, mogen ze van mij de Trekpleister heten of de Zuipspeen, dat zal me een worst wezen. Is er anders nog iets van uw gading bij de drogist? Trekpleisters? Ribbelcondooms? Aambeienzalf?'

'Als je maar wel opschiet. Ze heeft volgens mij heel erge honger.'

Evert schoot in zijn nieuwe regenjas, maar bedacht zich. Hij trok hem weer uit en ging even later in mijn bruine winterjas de deur uit.

Evert stond in het halletje op de lift te wachten toen de deur van de flat naast die van zijn vriend openging en er een blozende, iets te zwaar opgemaakte dame de hal in stapte in een jurk die net niet meer bij haar leeftijd paste. Een jurk die ze waarschijnlijk droeg om haar grote borsten goed uit te laten komen. Evert, niet ongevoelig voor grote borsten, liet haar galant voorgaan de lift in. Ze had een vuilniszak bij zich.

‘Zo, u was op visite bij meneer Groen?’ vroeg ze met een mengeling van argwaan en nieuwsgierigheid.

‘Nee, ik ben nog steeds op visite bij meneer Groen. Ik moet alleen even een boodschap voor hem doen.’

‘Ik hoorde wel steeds de deur open- en dichtgaan, en de lift, dus ik dacht: buurman zal wel visite hebben.’

Het leek Evert niet onmogelijk dat ze met haar vuilniszak in de hand klaar had gestaan om poolshoogte te nemen zodra ze bij de buurman de voordeur weer hoorde opengaan. Ze zwegen twee etages. Toen hield ze het niet meer.

‘Ik dacht zelfs even een baby te horen huilen bij meneer Groen. Het moet al niet gekker worden. Met mezelf bedoel ik. Ja, als je veel alleen zit ga je je wel eens rare dingen in je hoofd halen.’

‘Ja, dat heb je wel eens.’

‘Ik weet eigenlijk niet eens of meneer Groen kinderen heeft, of kleinkinderen. En dan woon je toch al weer bijna een jaar naast elkaar. Gek, hè?’

‘Ja, dat was vroeger wel anders,’ zei Evert, die het een beetje op zijn zenuwen kreeg, zowel van die slecht verborgen nieuwsgierigheid als van het decolleté dat via de spiegelwand van de lift van meerdere kanten tot hem kwam. Hij was blij dat de lift stopte op de begane grond. ‘Prettige avond nog,’ zei hij snel toen ze aanstalten maakte verder te gaan met haar ondervraging. Er was teleurstelling in haar houding. Hij hoorde haar zeggen: ‘Van hetzelfde’, en constateerde dat ze met haar vuilniszak gewoon in de lift bleef staan tot de deur zich weer sloot. Hij belde aan bij Hendrik, die zich een paar seconden later meldde via de intercom.

‘Muziek hard aanzetten, goede vriend, want er staat er een met haar bos hout tegen de muur te luisteren of ze geen baby hoort huilen.’

‘Waar heb jij het nou weer over?’

‘Over je buurvrouw.’

‘O die.’

‘Tot zo.’

Evert haastte zich naar de drogist.

20

19.00 uur – Politiebureau

'We hebben twee totaal verschillende problemen die per ongeluk iets met elkaar te maken hebben. Probleem één: we zitten met een ontvoerde baby, die, omdat ze de rol van kindje Jezus speelde, de wereldpers gaat halen als ze niet heel snel wordt gevonden. En probleem twee: we zitten met tien opgepakte en half in elkaar geslagen Marokkanen die allemaal gaan zeggen dat ze niks hebben gedaan. En eigenlijk hebben ze ook niet veel gedaan, maar dat komt misschien doordat wij ze zo snel in elkaar hebben geslagen. Pikant detail voor de journalisten die hier straks allemaal sensatie komen zoeken: de Marokkanenrel was een direct gevolg van de zoektocht naar het meisje Jezus in haar kinderwagen omdat er, in het jeugdig enthousiasme van onze agenten, een paar scooters omvielen.' Aan het woord was hoofdofficier van justitie Stork. Hij zat een half uur geleden nog samen met zijn vrouw een sudoku op te lossen. Meestal was de sudoku, samen met een fles Spaanse rioja, de opmaat voor een vrijpartij op zijn Grieks op de bank. Daarna bestelden ze dan een Italiaanse pizza. Het waren wat je noemt liefhebbers van de mediterrane cultuur, de officier en zijn vrouw. Maar in plaats van dat hij nu haar mooie kont voor zich zag, keek hij in het pafferige gezicht van hoofdcommissaris Graven en rook hij het opdringerige parfum van mevrouw Schaarsberg Donk, burgemeester. Hij zuchtte.

'Hoe staan de zaken er momenteel voor?' vroeg de burgemeester, die voor dit crisisberaad in haar feestkleding van een receptie op het stadhuis was geplukt.

'Nou, niet best,' zei de hoofdcommissaris, die onophoudelijk aan zijn snor zat te plukken, alsof hij zichzelf zat te vlooien. 'We weten niet veel. De baby is even neergezet in de wc van een school en meegenomen door een oudere man in een crèmekleurige regenjas. Dat was om ongeveer kwart over vier. Om half zes kwam er op die school een telefoontje binnen dat die kinderwagen in een fietstunneltje in het Julianapark zou zijn neergezet. Daar troffen we geen kindje aan, maar wel tien opgefokte Marokkanen.'

'Waren die al opgefokt of werden die opgefokt door opgefokte politieagenten?' wilde Stork weten.

'Nou ja, je zoekt een baby van drie maanden en je vindt een club opgeschoten pubers van een jaar of zestien, zeventien, dat is even omschakelen voor mijn mensen. En voor ze het wisten was het één grote knokpartij geworden met twee gewonden.'

'Twee?' vroeg de burgemeester.

'Als we de Marokkaanse jongens voor het gemak even niet meerekenen,' zei Stork minzaam.

'Wat moet een oude man met een baby?' vroeg de hoofdcommissaris zich af.

'En vooral: waar bevindt zich die oude man met die baby?' antwoordde Stork met een uitgestreken gezicht.

'Graag iets minder cynisme, Mathieu,' maande de burgermoeder. 'Ondanks de droevige aanleiding geven de gebeurtenissen toch een enorme *exposure* aan de stad als straks de verzamelde pers binnenvalt. Dat vraagt om *damage control* en niet om cynisme.'

Trek je doos Engelse blabla maar weer open, ging het door Mathieu Stork heen, en hij dacht met weemoed aan de fles wijn op zijn tafel thuis en aan de billen van zijn vrouw.

'Stork de Hork,' zei de politieman langs zijn neus weg, 'zo noemen ze je bij het parket, wist je dat?'

'Een geuzennaam, Wiebe, ik beschouw het als een geuzennaam,' antwoordde Stork.

'Heren, alstublieft,' kwam de burgemeester giftig tussenbeide, 'er is een baby gekidnapt en we kunnen fikse rellen met allochtonen verwachten, dus het lijkt me beter om de persoonlijke antipathieën even te laten voor wat ze zijn en ons te concentreren op *what really matters*. Bijvoorbeeld: wat wordt er op dit moment gedaan?' Ze knikte naar de hoofdcommissaris.

'Buurtonderzoek, verhoor van alle mensen die bij de kerstvoorstelling in die school waren, en het park wordt uitgekamd. Verder proberen we het telefoontje te traceren. Dat kwam waarschijnlijk van een telefooncel, maar helemaal zeker weten we dat nog niet. De technische recherche onderzoekt een regenjas die vermoedelijk van de ontvoerder is, en is bezig sporen te zoeken in de wc'tjes van die school.'

'Oké, dat is in ieder geval iets waar we mee aan kunnen komen op de persconferentie. Waar blijft trouwens die gemeentevoorlichter?'

'Dit is werk voor de politievoorlichter,' zei Stork.

'Haal die er ook maar bij, Wiebe. Hoe laat is die persconferentie gepland?'

'Tien uur. We hebben nog even de tijd.'

'Wat doen we met die Marokkanen?'

'Zo rustig mogelijk houden. Zo min mogelijk de aandacht op vestigen. Geen provocaties en zo snel mogelijk loslaten met een dagvaarding voor geweld tegen een politieambtenaar in functie. Dat geweld een beetje uitvergroten, maar niet te veel. Gooi het er voorlopig maar op dat ze de politie hinderden bij het zoeken naar de ontvoerde baby. Ik zal mijn eigen persvoorlichter ook laten komen. Die moet in overleg met jullie voorlichter zo snel mogelijk een conceptcommuniqué opstellen en aan ons voorleggen.'

'Moet er iemand koffie?' vroeg de commissaris. 'Trouwens, hoe heet die baby eigenlijk?'

21

Een uur eerder – Prinses Margrietschool

De conciërge gluurde door een kier van de deur naar de wc's. Er stonden drie mannen gebogen over een klein wc-potje. Een rechercheur met latexhandschoenen aan viste er voorzichtig een natte regenjas uit. De tweede hield een plastic zak open waar de jas in verdween. Nummer drie schreef op een sticker tijd en vindplaats.

'Ik moet even vragen wat we hiermee moeten,' meldde degene die de leiding had en hij belde een nummer. 'Ja, De Rooy hier. We zijn nog in die school en hebben een regenjas uit een wc gevist die vermoedelijk van degene is die dat baby'tje heeft meegenomen. Het zou kunnen dat er aanwijzingen in die jas zitten over identiteit of verblijfplaats van de eigenaar. Mogen we daar ter plekke naar zoeken of moet de hele handel naar het laboratorium?'

Het was even stil.

'Meenemen? Goed.'

De conciërge slaakte een zucht van verlichting. Dat scheelde waarschijnlijk een heleboel tijd.

Een rechercheur gaf een schopje tegen de deur en Harry kreeg hem tegen zijn neus.

'Godv... wat doet u nou?' Hij betastte voorzichtig zijn neus.

'O sorry, ik wist niet dat er iemand vlak achter die deur stond.'

'Ik stond er niet achter, ik kwam net aangelopen om te zeggen dat de school toch echt zo gaat sluiten.'

'Deze school gaat pas dicht als ik daarvoor toestemming heb gegeven,' kwam de baas van de technisch rechercheurs tussenbeide, 'maar als u naar huis wilt, kan ik u niet tegenhouden. U bent geen verdachte. Vooralsnog.'

De conciërge had nadrukkelijk opdracht gekregen van de directrice om als laatste het gebouw te verlaten en durfde dat bevel niet te negeren. 'Hoe lang denken de heren nog nodig te hebben?' vroeg hij kruiperig.

'Nou, met een paar uurtjes zijn we hier wel klaar, als alles meezit. Een kopje koffie zou trouwens lekker zijn.'

Als een chagrijnige hond droop de conciërge af richting koffiezetapparaat. 'M'n hele avond ook nog naar de haaien,' bromde hij.

Toen hij langs de hoofdingang liep, schenen er een paar grote cameralampen naar binnen. De journalisten die buiten stonden zagen hem en tikten op het raam. Harry opende de deur op een kier. 'Wegwezen! Er is hier niemand meer. En er valt ook niets te zien.' Hij had de deur beter dicht kunnen houden. Om de dames en heren van de pers af te schrikken moest er wel iets komen dat meer indruk maakte dan een man in een stofjas. Een man met een mitrailleur zou een optie zijn, maar zelfs dan was succes niet verzekerd. Er werden twee microfoons door de kier gestoken en door het glas werd druk gefilmd. Door elkaar heen werden vragen naar hem geroepen. De deur werd verder opengeduwd.

Daar had Harry helemaal geen zin in. Hij zette zijn volle gewicht tegen de deur, die dichtging, maar wel met twee armen ertussen. Er werd geschreeuwd. Even liet hij iets vieren, de armen schoten terug, en meteen daarna duwde hij met volle kracht de deur dicht, draaide de sloten erop en maakte dat hij uit het zicht verdween.

'Klerejournalisten.'

Hij liep door naar het keukentje, deed water in het koffiezetapparaat, pakte een filter, schepte zuinig koffie op en zette het apparaat aan. Hij vroeg zich af of hij niet ergens een rekening kon indienen voor die drie koffie, of misschien wel voor zes. Het schoot trouwens nu ook door hem heen dat er voor interviews tegenwoordig soms flink betaald werd.

'Jammer dat Hetty me waarschijnlijk ontslaat als ze mijn kop op televisie ziet,' mompelde hij. Kon hij daar nou niks op bedenken?

22

19.37 uur – Garage stadsreiniging

De prullenbak begon al aardig vol te raken met lege blikken Amstel. Aan een formicatafeltje zaten twee te dikke mannen van rond de vijftig met elk een halve liter bier en een stapeltje papieren voor zich. Ze keken ongeïnteresseerd naar een kleine televisie die twee meter verder op een metalen archiefkast stond. Op het *RTL Nieuws* werd gemeld dat er een baby was ontvoerd uit een basisschool. Beelden van een schoolplein met op de achtergrond, grotendeels in het donker, het schoolgebouw.

'Krijg nou de pest,' zei een van de twee, 'dat is de school van mijn broer.'

'Zit je broer nog op school dan?' vroeg de ander.

'Nee, mafkees, die werkt daar als conciërge.' Hij sliste bij dat laatste woord.

Wil van Staveren, 'Staaf' voor bekenden (want vrienden had hij niet), was ambtenaar bij de stadsreiniging. Vanavond werkte hij over, om in de baas zijn tijd bier te kunnen drinken zonder het gezanik van zijn vrouw daarbij aan te hoeven horen.

Rinus Schepper zat schuin naast hem. Ook hij had nooit haast om naar huis te gaan. Laten we zeggen dat ook zijn huwelijk enigszins uitgeblust was. Zo erg als het in huize Van Staveren was, was het niet. Daar werden alleen nog de strikt noodzakelijke mededelingen gedaan, bijvoorbeeld dat de chips op waren. Wil en zijn vrouw hadden elk hun eigen uitgesleten plek in de vaste vloerbedekking, op de plaats van hun voeten, recht voor hun stoelen, die op hun beurt weer recht voor twee televisies stonden. Allebei met koptelefoon. Zo was er in ieder geval geen onenigheid over de programmakeuze. 's Avonds spraken ze voornamelijk in gebaren. Hun twee kinderen waren het huis uit en liepen de deur niet plat. Vier verjaardagen, kerst, oud en nieuw. Als er niets bijzonders gebeurde, zagen ze elkaar zes keer per jaar. 'Pasen vier ik alleen als het niet in het weekend valt,' was de jaarlijkse grap van Wil. Van mei tot oktober gingen ze elk weekend naar de caravan in Bakkum. Even in een heel andere omgeving tv-kijken.

'Menéér mafkees,' zei Rinus na een lange stilte.

Op het nieuws stond een verslaggever uitgebreid te vertellen dat er niets te vertellen viel. Ja, er was een baby weg. Waarschijnlijk meegenomen. Het was allemaal hier gebeurd; daarbij wees hij naar de deur van de school achter hem.

'Helemaal zo dom nog niet om een baby te ontvoeren,' zei Wil. 'Die kan in ieder geval niet ontsnappen.'

'En die herkent zijn ontvoerders niet en kan dus later ook geen signalement geven,' vulde Rinus aan.

'Zal vanavond mijn broer eens bellen. Kijken wat die ervan weet.' Wil liet een boer en bleef in gedachten verzonken voor zich uit staren. Rinus keek op de klok en begon de papieren die voor hem op tafel lagen, in een ordner te doen. 'Lekker opgeschoten, Staaf,' grinnikte Rinus. 'Ik denk zomaar dat we volgende week nog zeker twee avonden nodig hebben om deze administratieve achterstand weg te werken. Zal morgen tegen Hooier zeggen dat we lekker opgeschoten zijn en dat we alles vóór het eind van het jaar op orde hebben. Heb ik contact, Staaf?'

Wil keek op en knikte, klokte zijn laatste slokken weg, mikte het lege blik vanaf anderhalve meter trefzeker in de prullenbak en liet nog een boer. Hij zou thuis meteen zijn broer bellen.

23

19.50 uur – Flat van Hendrik

Met een diepe zucht ging ik zitten. Dit was de vreemdste dag in jaren.

'We moeten de wekker zetten, Evert.'

'Waarom?'

'Nou, zo'n baby moet wel elke vier uur een fles. Ze heeft ongeveer om zeven uur gehad, dus dan moet ze om elf uur weer drinken en om drie uur weer. Enzovoort.'

'Dat wordt nog een heel gedoe. Wat ben ik blij dat mijn vrouw dat vroeger allemaal deed. Helaas kan ik haar er nu niet meer voor bedanken,' zei Evert met een wrang lachje. 'Bij nader inzien was het toch niet zo'n goed idee om die kinderwagen mee te nemen. Het was een opwelling. Ik vond het wel grappig.' Het was even stil. 'Jezus, wat ben ik een stomme zak soms.'

'Ja, dat is waar,' zei ik minzaam. 'Maar goed, het gaat er nu om de schade zo veel mogelijk te beperken. In ieder geval is het ons toch maar mooi gelukt om... eh... Hoe zou ze heten?'

‘Helemaal vergeten te vragen, zeg,’ zei Evert.

‘Misschien moet je even teruggaan.’

‘Christina lijkt me wel een toepasselijke tijdelijke naam,’ stelde Evert voor.

Dat overwogen we even in stilte. Toen vervolgde ik: ‘Maar wat ik wilde zeggen, is dat we Christina dus toch maar mooi in slaap hebben gekregen. Met bijna een hele fles melk erin. Niet kwaad, toch? Zelfs een schone luier is gelukt, al moet gezegd dat dat tegenwoordig wel veel makkelijker gaat dan vroeger, met die katoenen luiers en veiligheidsspelden. Het schijnt uiteindelijk ook niet veel slechter te zijn voor het milieu. Want het kost meer energie om die katoenen luiers weer schoon te krijgen dan om...’

‘Ja ja ja, je weet het hè, het milieu zal mijn tijd wel duren.’

‘Maar misschien niet de tijd van Christina.’ Zo makkelijk liet ik me niet door mijn goede vriend van een van mijn geliefde stokpaarden af krijgen.

‘Wie dan leeft, die dan zorgt,’ zei Evert, ‘en wie nu wil blijven leven moet nodig iets te eten en te drinken krijgen. Wij bijvoorbeeld.’

‘Eerst het nieuws, vriend. Eens kijken of Christina op het journaal is en daarna bij een borrel en een boterham beraadslagen over wat ons te doen staat om zo snel, liefdevol en ongezien mogelijk weer van ons kleine prinsesje af te komen.’ Ik stond op om de tv aan te zetten. Het was even voor achten.

24

Tezelfdertijd – Huis van de ouders van de baby

De politieauto stopte midden op straat omdat alle parkeerplaatsen bezet waren. De planologen hadden de autodichtheid bewust onderschat, in opdracht van de gemeente, zodat die de woningen in de Vinex-wijk nog iets dichter op elkaar kon laten bouwen. Vanaf een uur of zeven 's avonds moest je altijd minstens tien minuten zoeken naar een parkeerplaats.

De agent stapte uit en deed de linker achterdeur open, liep om de auto heen en opende ook het andere achterportier.

'Sorry, kinderslotjes,' verontschuldigde hij zich, 'anders stappen de arrestanten er soms opeens onderweg uit.'

'Ja, ik begrijp het,' mompelde Johan Verbeek en hij liep naar de andere kant van de auto om zijn vrouw te helpen. 'Maartje, we zijn er.'

Maartje staarde in het niets. Toen stapte ze langzaam uit. De politieman stak zijn arm gewoontegetrouw uit om te voorkomen dat zijn passagier haar hoofd stootte bij het in- en uitstappen en deed daar deze keer goed aan. Aan de arm van haar man liep Maartje voetje voor voetje naar de voordeur, alsof ze in een paar uur veertig jaar ouder was geworden. Het eerste gordijn in de straat bewoog. De agent liep onbeholpen achter de ouders van de ontvoerde baby aan.

'Redt u het verder zo?' vroeg hij.

'Ja, dat zal wel gaan. Dank u,' zei Verbeek.

'Met een paar minuten zijn mijn twee collega's hier. De huisarts zal later op de avond nog even langskomen, denk ik zo.'

'Ja, die komt om tien uur ongeveer.'

'Er komt ook nog iemand van de technische dienst uw telefoon aanpassen,' vervolgde de agent, 'die kan er ook elk moment zijn. U blijft thuis, neem ik aan?'

'Ja, we blijven thuis. Tenzij Sabine natuurlijk wordt gevonden. Heeft de politie ons telefoonnummer eigenlijk wel?'

'Dat zal toch wel?' zei de agent. 'Dat hebben ze toch opgenomen op het bureau, mag ik aannemen.'

'Ja, ik geloof het wel.' Verbeek dacht na. 'Ik geef het voor de zekerheid toch nog maar een keer.'

Een oude Mercedes die achter de politieauto tot stilstand was gekomen, toeterde ongeduldig. De agent gebaarde met zijn hand dat de bestuurder zijn gemak moest houden. Het raampje werd naar beneden gedraaid. Demonstratief werd er op straat gespuugd. De vrouw naast de bestuurder keek in de achteruitkijkspiegel en plukte aan haar wimpers.

Er was nu achter meer gordijnen in de straat beweging te bespeuren.

De agent pakte een blocnote en noteerde het telefoonnummer. 'Fam. Verbeek', schreef hij erbij, en tussen haakjes: '(baby!)'.

Er werd opnieuw getoeterd. De agent gaf de vader een hand. Bij de moeder wist hij niet wat hij moest doen. Zij leek volkomen van de werkelijkheid afgesloten.

'Veel sterkte.'

Taal schiet soms zo hopeloos tekort. Zonder om te kijken stapte de agent in de surveillancewagen en reed weg. Achter hem trok de Mercedes iets te hard op, in een walm van diesel.

Johan Verbeek zocht naar zijn sleutels. Die zaten in zijn jas. Die had over de kinderwagen gehangen.

'Maartje, mijn sleutels zitten in mijn jaszak en mijn jas is weg.'

Maartje keek hem wezenloos aan. Er kwam geen woord voorbij haar angst en wanhoop.

'Heb jij je sleutels bij je?'

Geen enkele reactie.

'De huissleutels, heb jij de huissleutels bij je?'

Nu stak ze toch haar handen in haar zakken, maar een tel later wist ze al niet meer dat ze ergens naar zocht.

'Heb je het niet koud dan?' vroeg ze werktuiglijk toen er iets doordrong van wat haar man had gezegd.

Johan haalde voorzichtig haar handen uit haar zakken en doorzocht die zelf op sleutels.

25

20.00 uur – Prinses Margrietschool

Harry zat aan zijn zesde koffie en tikte met de vingers van zijn rechterhand op de tafel in het keukentje van de school. Een goedkoop Bruynzeel-keukentje van twintig jaar oud. Basisscholen van een van de rijkste landen ter wereld moeten dertig jaar met hetzelfde meubilair doen. Dat is de voorgeschreven afschrijvingstermijn voor meubilair in het basisonderwijs, terwijl iedere zichzelf respecterende directeur in het bedrijfsleven minstens elke vijf jaar voor duizenden euro's zijn kantoor laat restylen.

Harry wilde naar huis. Alleen barstte het nog steeds van de rechercheurs in het gebouw. Twee waren er weggegaan met een plastic zak vol mogelijk bewijsmateriaal, maar daar waren wel vijf nieuwe agenten voor in de plaats gekomen. Het hele gebouw werd grondig doorzocht.

'Wat zoeken jullie nou eigenlijk?' had Harry na een uur gevraagd aan twee rechercheurs die koffie bij hem kwamen halen.

'Dat weten we pas als we het vinden,' had het antwoord geluid.

En het meest schandalige was, vond Harry, dat hij bijna nergens mocht komen. Op zijn eigen school ging iemand hém vertellen waar hij mocht gaan en staan. Hij kon niet eens naar zijn eigen wc, verdomme. Alles was afgezet met rood-witte linten. Hij had van ellende uiteindelijk maar in de wasbak van de keuken gepiest, zo nodig moest hij. Toen hij zich omdraaide, zag hij dat er een politieagent door het raam naar hem stond te kijken.

Er zaten kringen op het blad van de tafel. Schoonmaken had geen zin, volgens Harry. In ieder geval had hij geen zin. Het werd toch weer vies. Hij schrok op van het geluid van zijn eigen mobiele telefoon. Hij werd eigenlijk bijna nooit gebeld, behalve door zijn vrouw en dan nog uitsluitend voor onbenulligheden.

'Van Staveren.'

'Hier ook Van Staveren. Met Wil. Zeg, wat heb jij daar aan de hand? Je was op het nieuws, man.'

'Ach, schei uit. Een zootje is het hier. Er is een baby ontvoerd bij het kerstspel vanmiddag, dus je begrijpt: de hele tent op zijn kop. Ik heb geloof ik acht man recherche hier over de vloer en het ziet er niet naar uit dat die lui snel naar huis gaan. Dus ik ook niet.'

'Maar wat is er precies gebeurd dan?'

'Ze hadden die baby zolang even in het halletje van de wc's gezet, en toen schijnt er een ouwe man gewoon met dat kind naar buiten te zijn gewandeld. Met kinderwagen en al.'

'En ze weten niet waarom?'

'Nee.'

'En er is geen losgeld of zo geëist?'

'Nou, niet dat ik weet.'

'Wat zijn dat voor ouders?'

'Hoezo, wat zijn dat voor ouders?'

'Nou, wat zijn dat voor ouders? Rijk? Belangrijk? Iets bijzonders?'

'Nee, ik geloof het niet. Een beetje geld zullen ze wel hebben. Tenminste, ze hebben een dikke auto.'

'Hoe heten ze en waar wonen ze?'

'Verbeek. En ze wonen geloof ik in de Van Tellegenstraat. Dat hoorde ik die vader toevallig zeggen tegen die agent die ze wegbracht. Wou je op visite soms? Waarom wil je dat allemaal weten?'

'Gewoon. Ik zag het op tv en ik dacht: daar moet ik het mijne van weten.'

'Nou, dat weet je dan nu. Anders bel je nooit. Ik wist niet eens dat je m'n nummer had.'

'Ben ik eens een keer geïnteresseerd, is het weer niet goed. Hebben die smerissen daar intussen iets gevonden?'

'Alleen een regenjas, geloof ik. Ze hebben wat uit een van de wc's gevist waar die kinderwagen was neergezet en volgens mij was het een jas.'

'En verder?'

'Verder zeggen ze niks.'

'Nou, Har, sterkte verder. Ik bel je nog wel.'

'Ja, aju.'

Harry verbrak de verbinding. Hij overwoog een zevende kop koffie. Er kwamen twee agenten binnen die vroegen wanneer het gebouw voor het laatst was schoongemaakt, wie de schoonmaker was en van welk bedrijf. Harry gaf met tegenzin antwoord. Daarna liepen de agenten het keukentje weer uit.

'Kan iemand mij misschien zeggen hoe lang dit nog gaat duren?' riep Harry ze na, maar er kwam geen antwoord.

26

20.25 uur – Politiebureau

'Ik word doodziek van die journalisten. En nog het meest van die zogenaamde kwaliteitsjournalisten. Dat kakelt elkaar maar na, maakt geen bal uit of iets waar is of niet,' mopperde hoofdofficier van justitie Stork, die zojuist naar het journaal had gekeken.

'Ze doen gewoon hun werk,' bracht de burgemeester ertegen in.

'Geen enkele zelfkritiek. Alleen maar achter de sensatie aan lopen,' foeterde Stork verder.

'Nee, bij júllie lopen ze over van de zelfkritiek.' De voorlichtster van de gemeente, Olga van der Vat, greep elke gelegenheid aan om haar eigen standpunt te verkondigen, als tegenwicht tegen al het nietszeggende gedraai dat van haar werd verwacht als er een microfoon voor haar mooie snufferd werd geduwd. Ze had, net als bijna iedereen, een hekel aan Stork. Hij had te vaak gelijk. Er zijn niet veel mensen die daar waardering voor hebben.

'Voorlichters hebben beroepshalve per definitie niets

met de waarheid te schaften, alleen met imago, beste Olga,' zei Stork. 'Bij ons is imago geen doel op zich. De waarheid ook niet trouwens.'

'En wat is jullie doel op zich dan wel?' beet Olga hem toe.

'Boeven vangen en zo lang mogelijk wegstoppen. Dat moest je toch weten, meisje.'

Vooral dat 'meisje'...

Burgemeester Schaarsberg Donk meende het voor haar voorlichtster op te moeten nemen. 'Niet altijd zo denigrerend, Mathieu. Alsjeblieft, de komende paar uur de rijen gesloten houden, graag. Het is al moeilijk genoeg om er zonder kleerscheuren van af te komen.'

'Misschien gaat het niet zozeer om kleerscheuren, als wel om het terugvinden van een baby,' merkte Stork op.

'Het een hoeft het ander niet in de weg te staan, Mathieu.'

'Wat moet ik straks zeggen?' vroeg de politiewoordvoerder aan de burgemeester.

'Wie gaat de pers eigenlijk te woord staan?' vroeg Olga. 'Is het niet vooral een taak van de gemeente om voor te lichten?'

'Jezus, krijgen we dat weer,' verzuchtte Stork. 'Het maakt toch geen bal uit wie er niets te zeggen heeft. Of jullie nou wel of niet iets weten, het wordt toch altijd afgedaan met dat er "in het belang van het onderzoek op dit moment geen mededelingen kunnen worden gedaan". Punt. Wat maakt het uit wie dat zegt. Je kunt net zo goed een bandje opzetten.'

Niemand zei iets.

De burgemeester nam zich voor om, als deze hele zaak achter de rug was, serieus werk te maken van overplaatsing van Stork. Liefst zo ver mogelijk weg.

27

20.30 uur – Flat van Hendrik

Er was al vijf minuten niets gezegd. Dat was uitzonderlijk. Evert nipte aan een borrel. Ik roerde in mijn koffie. Beiden keken we voor ons uit. De tv stond nog aan. Om de paar seconden klonk ingeblikt gelach bij iets wat 'comedy' heet in televisiegidsen. Van buitenaf bekeken vormden we waarschijnlijk een surrealistisch decor bij de lachsalvo's: twee zwijgende, in gepeins verzonken ouwe mannen op de bank.

Ik stond op. 'Ik ga nog een keer bellen. Die ouders moeten bijna gek zijn van ongerustheid.'

'Wat ga je dan zeggen?' vroeg Evert.

'Dat ze zich geen zorgen hoeven te maken. Dat hun baby'tje morgen veilig ergens wordt afgeleverd. Dat het allemaal een soort misverstand is, zeg maar. Een ongelukje. Dat we absoluut geen losgeld willen of zo.' Ik keek Evert indringend aan. Die knikte langzaam.

'Oké.'

Ik trok mijn jas aan. 'Tot zo.'

'Tot zo.'

Toen zijn vriend de deur achter zich dicht had getrokken, zuchtte Evert. Hij nam een klein slokje jenever en stond op. Zachtjes liep hij naar de slaapkamer waar de kinderwagen stond en keek erin. Van onder het provisorische dekentje, gemaakt van een dubbelgevouwen badhanddoek, kwam een klein hoofdje tevoorschijn met een paar donkere krulletjes. Christina sliep en maakte een zeer tevreden indruk. Haar eigen dekentje en lakentje hingen te drogen over de verwarming. Evert moest even slikken en ging terug naar de huiskamer. Voor het raam ging hij staan wachten tot zijn vriend terugkwam. 'Kanjer,' mompelde hij.

28

20.40 uur – Prinses Margrietschool

De telefoon ging.

'Prinses Margrietschool, Van Staveren.'

'Harry, met Hetty. Hoe staan de zaken?'

'Nou ja, wat zal ik zeggen. Ze zijn nog steeds druk bezig en het lijkt er voorlopig niet op dat ze snel naar huis zullen gaan.'

'Wie zijn "ze"? En waarmee zijn ze zo druk bezig?' vroeg de directrice.

'"Ze", dat zijn een stuk of negen rechercheurs en wat ze precies aan het doen zijn weet ik niet, want ze hebben me, zeg maar, opgedragen in de keuken te wachten tot ze klaar zijn. Overal is alles afgezet met rood-witte linten en ik mag nergens komen. Ik kan niet eens naar de wc.'

'Ja ja,' zei ze enigszins ongeduldig, 'maar verder zijn er geen ontwikkelingen?'

'Wat voor ontwikkelingen?'

'Nou ja, geen nieuws over het baby'tje of zo? Geen bijzondere dingen gevonden in de school, geen aanwijzingen over de dader?'

'Nee, niet dat ik weet.'

'Blijf daar tot ze weggaan, en als er iets bijzonders gebeurt meteen bellen.'

'Ja, maar dat kan nog wel uren duren,' sputterde Harry. 'Ik wil naar huis. Ik heb ook verplichtingen. Ik blijf hier niet eeuwig.'

'Nee, je blijft daar niet eeuwig, maar wel tot ze weggaan,' zei Hetty.

'Ook als het nachtwerk wordt?'

'Ja, in principe wel. Ik zal proberen iemand te vinden om je eventueel een paar uur af te lossen als ze om twaalf uur nog niet weg zijn. Maar mocht dat niet lukken, dan ga je maar op de bank slapen.'

'Welke bank?' zei Harry geïrriteerd. 'Er is hier geen bank.'

'Nou ja, je regelt wel wat, toch? Haal maar een mat uit de gymzaal of zo.'

'Daar mag ik niet in.'

'Je bent altijd zo vindingrijk als het om jezelf gaat, dus bedenk nu ook maar iets. Vergeet niet te bellen als er iets belangrijks gebeurt. Tot later.' En zonder verder antwoord af te wachten verbrak ze de verbinding.

Harry vloekte en keek naar de klok. Hij kon geen kant op. Wie weet hoe lang dit nog ging duren en hij kon niets doen. Er was wel een televisie op school, maar die stond in de docentenkamer en daar hing een rood-wit lint voor. Hij dacht na of er nou werkelijk niets te verzinnen was, toen opnieuw de telefoon ging. Misschien heeft ze voor aflossing gezorgd, ging het door hem heen, maar hij realiseerde zich onmiddellijk dat ze dat nooit zo snel geregeld kon hebben, zelfs als ze het had gewild.

‘Prinses Margrietschool, Van Staveren.’

‘Goedenavond. Ik wil graag iets belangrijks mededelen.’

‘Met wie spreek ik?’

‘Dat doet er niet toe. Het is erg belangrijk. Luistert u goed. Morgenochtend zetten we het ontvoerde kindje ergens neer. Dan wordt u kort daarna gebeld waar de kinderwagen staat. Het is namelijk een misverstand, ziet u, en geen ontvoering. Het kindje maakt het goed. We willen geen losgeld of iets dergelijks. Wilt u alstublieft onmiddellijk de ouders bellen dat ze zich niet ongerust hoeven te maken.’

Klik.

Er was opgehangen. Harry zat met opengevallen mond en de telefoon nog aan zijn oor een paar seconden doodstil. Toen legde hij de hoorn neer.

Koortsachtig dacht hij na wat hij nu moest doen. In ieder geval die ouders bellen, dat was zeker. Maar moest hij ook de politie waarschuwen? Daar was niets over gezegd. Als hij nu aan die agenten ging vertellen over dit telefoongesprek, was één ding zeker: dan zat hij hier morgenochtend nog. Hij kon later altijd zeggen dat hem door de telefoon verboden was de politie erbij te halen. In ieder geval moesten eerst die ouders gebeld worden. Het nummer... Waar had hij dat nummer? Hij aarzelde.

29

20.55 uur – Flat van Hendrik

Ik stapte de lift uit, toen de deur van de flat naast de mijne openging en er een blozend, geblondeerd vrouwenhoofd van rond de vijftig om de hoek werd gestoken.

‘Ik denk, wat gebeurt er toch allemaal in het appartement naast me? Ik denk, daar moet ik meneer Groen eens over aanschieten.’

Er zijn mensen die denken dat je mooier woont als je een flat een appartement noemt.

‘Goedenavond, Gerda. Hoe bedoel je: wat gebeurt er allemaal? Er is niets bijzonders, hoor. Alleen een vriend op visite. Die komt hier wel vaker.’ Ik kan uitstekend acteren als ik een beetje mijn best doe.

‘Nou, ik dacht, al dat geloop op de gang. En al een paar keer met de lift heen en weer... Ik dacht, ik zal eens kijken of ik mijn buurman ergens mee van dienst kan zijn.’ Gerda is een erg slechte actrice.

‘Dank je, dat is heel vriendelijk van je, maar we redden ons uitstekend. Goedenavond, en voor straks welterusten, hè.' En rustig opende ik mijn voordeur, keek nog even om, knikte vriendelijk, stapte naar binnen en trok de deur dicht. Ik keek door het spionnetje om te zien wat ze nu ging doen. Gerda stond nog even met een gemaakte glimlach in haar deuropening, maar daarna verstrakte haar gezicht en ging ze haar eigen flat binnen.

'Word je niet helemaal gek van dat mens?' vroeg Evert.

'Sommige mensen moet je op de koop toe nemen. Ze woont hier nou eenmaal. De beste manier is heel vriendelijk en beleefd tegen haar doen. Dan krijgt ze geen vat op je. En er zijn ook prima buren hier, hoor. Van die Turkse familie aan de andere kant, bijvoorbeeld, merk ik dan weer zo weinig dat ik me afvraag of ze eigenlijk ooit thuis zijn.'

'Jij altijd met je beschaving. Jij denkt alles met mooie woorden en ingezonden brieven op te kunnen lossen, maar dat schiet niet op. Die buurvrouw heeft gewoon een flinke beurt nodig,' mopperde Evert.

'Hoe bedoel je?' informeerde ik vals. Evert deed zijn mond al open om een gedetailleerde toelichting te gaan geven, maar ik stak mijn hand op. 'Laat de technische details ook eigenlijk maar zitten. En laat mij nou maar mijn mooie ingezonden brieven schrijven. Dan doe ik toch iets. De een schrijft een brief en de ander reageert zijn frustraties af door een baby mee naar huis te nemen.'

Daar had Evert niet van terug, en dat gebeurde niet vaak.

'Ik heb trouwens gebeld en gezegd dat de ouders zich geen zorgen hoeven te maken.'

‘Wie had je aan de lijn?’

‘Iemand van de school, denk ik.’

‘En wat heb je gezegd?’

‘Dat het allemaal op een misverstand berust en dat de baby morgenochtend ergens veilig wordt neergezet en dat we dan bellen om te zeggen waar ze staat.’

‘Heb je er een tijd bij gezegd?’

‘Nee,’ zei ik aarzelend, ‘daar heb ik nog niet over nagedacht. Hoe gaan we het eigenlijk aanpakken?’

‘Nou, gewoon.’ Het was even stil.

‘Hoe gewoon?’

30

22.00 uur – Politiebureau

Precies om tien uur namen de voorlichters van de politie en de gemeente plaats achter de batterij microfoons.

Van opzij zag Mathieu Stork het tafereel met minachting aan. Zoals altijd een belachelijk gezicht, al die microfoons met die naamplaatjes erop. Je kon nauwelijks nog zien wie erachter zat. Ze konden toch gewoon één camera gebruiken en één microfoon? Er werd tenslotte ook maar één antwoord gegeven op elke vraag. Nee, ze moesten zo nodig allemaal met hun eigen spulletjes komen voor dit flauwekultheater. Alsof de mensen thuis opletten welke namen er allemaal op die microfoons stonden.

Stork was er chagrijnig van. Hij had net zijn vrouw gebeld dat het laat zou worden. Zijn afkeer van telkens weer dezelfde poppenkast was zo groot geworden dat hij steeds meer moeite had zichzelf en zijn vak serieus te nemen. Hij was zich ervan bewust dat er naast zijn cynisme nauwelijks nog plaats was voor gevoel. Onlangs had hij besloten nog drie jaar door te werken en daarna naar een huisje in Schotland te vertrekken en deze ellende achter zich te laten. Soms vroeg hij zich af of hij inmiddels niet te veel aangevreten was om nog een beetje gelukkig te kunnen worden. Hij was net vijftig. Nog dertig jaar te gaan, volgens de statistieken. Hij zag er af en toe als een berg tegen op. De liefde voor zijn vrouw weerhield hem er een enkele keer van zich met zijn auto tegen een tegemoetkomende vrachtwagen te pletter te rijden. En hij vond het zielig voor die trucker.

De politievoorlichter begon een verklaring voor te lezen. Er was een baby verdwenen, mogelijk ontvoerd, en de politie deed er alles aan de zaak zo snel mogelijk op te lossen.

Daarna was er gelegenheid tot het stellen van domme vragen. Daar werd volop gebruik van gemaakt. Hoe laat werd de vermissing ontdekt? En door wie? Hoe oud is de baby? Moet de baby geen eten hebben? Hoe is het met de ouders van het kindje? Heeft de politie al zicht op de dader of daders? Zouden religieuze motieven een rol kunnen spelen? En zo ging het nog een tijdje door.

Twaalf keer deelde de voorlichter zonder een spoor van gêne mee dat er met betrekking tot de gestelde vraag in het belang van het onderzoek geen mededelingen konden worden gedaan.

Een journalist vroeg wat er waar was van het gerucht dat de vechtpartij van de politie met een groep jeugdige Marokkanen iets met de ontvoering te maken had.

'Daarover kan ik op dit moment geen mededeling doen anders dan dat mogelijk sprake was van het hinderen van het onderzoek.'

Stork zag de kop in *De Telegraaf* al voor zich: MAROK-

KANEN MOGELIJK BETROKKEN BIJ ONTVOERING KERSTKINDJE.

Na twintig minuten was de persconferentie afgelopen.

Bij de nabespreking door het crisisteam, bestaande uit de burgemeester, de hoofdcommissaris en de hoofdofficier van justitie, stelde de burgemeester met nauwelijks verholen tevredenheid vast dat de schade voor het imago van de stad tot nu toe binnen de perken was gebleven door haar weloverwogen aanpak.

'Nou, gefeliciteerd,' zei Stork.

Commissaris Graven keek hem niet-begrijpend aan.

'Heb jij zelf eigenlijk kinderen?' vroeg Stork langs zijn neus weg aan de burgemeester.

31

Tezelfdertijd – Flat van Wil

De botenbuurt was eind jaren zestig uit de grond gestampt voor jonge stellen die, na jarenlang inwonen bij hun (schoon)ouders in een negentiende-eeuwse arbeiderswijk, een moord deden voor een gehorige, fantasieloze driekamerflat in een slecht bereikbare buitenwijk. Na een jaar of zeven, acht verruilden de mensen die voldoende loonsverhoging hadden gekregen hun huurflat voor een koopwoning in de nieuwste nieuwbouwwijken in Almere, Purmerend en Breukelen. Woonparadijzen met huizen met tuinen met schuttingen, voor iedereen die voldoende graantjes meegepikt had van de groeiende welvaart. Nu woonden in de botenbuurt alleen nog Nederlanders die zich niets beters konden veroorloven. Samen met Turkse en Marokkaanse gezinnen en enkele achtergebleven bejaarden. En Wil van Staveren met zijn vrouw. Ze hadden een hekel aan alles en iedereen behalve aan zichzelf. Hun voornaamste bezigheid was kankeren. Op het weer, op buitenlanders, op de scheidsrechter, op de euro, op de rest van de wereld en op elkaar.

Wil zat met een sjekkie in zijn mond voor zich uit te staren. Hij dacht na. Dat deed hij niet vaak. In ieder geval niet als hij ergens zijn mening over gaf. Zijn vrouw was in haar stoel in slaap gevallen met haar mond halfopen. Haar dikke lijf vulde de skaileren leunstoel tot aan de rand. Haar bovengebit lag naast het pakje sigaretten op de glazen salontafel waarop ook haar voeten rustten. Op de televisie maakten mensen in het programma *Big Brother* elkaar het leven zuur. Wil zag en hoorde niets, zo diep dacht hij na over zijn geniale ingeving. Er ontbrak nog één schakel: hoe moest hij de tas met geld laten verdwijnen zonder dat iemand iets in de gaten kreeg?

'Kijk,' zei hij tegen zichzelf, 'in principe loop ik zelf natuurlijk geen enkel risico. Ik doe alleen mijn werk: afvalbakken legen. Maar die tas moet ongemerkt mijn kar uit voordat ik doorrijd naar de stort.' Hij nam een hapje uit zijn neus.

'Eet smakelijk,' hoorde hij naast zich. Zijn vrouw was wakker geworden en zat naar hem te kijken.

'Kijk naar je eigen.'

'Ik kijk wel uit.'

'Heb je bier gehaald?'

'Ja.'

'Wil je er effe een voor me halen?'

'Heb je polio?'

'Nee, ik heb gewerkt. Dat is iets wat jij niet kan zeggen, de laatste twintig jaar.'

'Nou, volgens mij bestaat dat werken van jou voor het grootste deel uit bier drinken. Eigenlijk ben je nu gewoon nog steeds aan het overwerken. Alleen krijg je er niks voor.'

Wil deed er het zwijgen toe. Zijn vrouw stond op en slofte naar de keuken. Ze pakte een halve liter bier en een zak chips van de Aldi en slofte weer terug.

'Kijk eens, meneer.'

Wil schrok op. Hij had zojuist de oplossing bedacht. Nu moest hij bellen. Het nummer van de familie Verbeek in de Van Tellegenstraat had hij al opgezocht in het telefoonboek en op een papiertje geschreven, dat in zijn broekzak zat. Hij stond op en deed zijn schoenen aan.

'Wat ga jij nou doen?' vroeg zijn vrouw verbaasd.

'De hond uitlaten,' zei Wil zo onverschillig mogelijk.

'Die is net uit geweest en ik pak net een biertje voor je. Ben je wel lekker?'

'Nee, ik ben niet lekker, nou goed? Ik ben een beetje misselijk van dat gebit van jou dat de hele tijd midden op tafel ligt en ik heb gewoon zin om een stukkie te lopen met de hond.'

'Kan ik er wat aan doen dat mijn mond zo'n zeer doet? Die tandarts heb gewoon zijn werk niet goed gedaan. Die tanden passen niet.'

'Je zou ook eens een tandenborstel kunnen gebruiken.' Wil stond op en pakte de hondenriem. Een vetgemest wit hondje kwam aanwaggelen. Wil had eigenlijk een pitbull willen nemen of een dobermann, maar zijn vrouw was via een advertentie bij de sigarenwinkel met dit lelijke, merkloze mormel aan komen zetten. Hij stapte de galerij van de flat op en trok de hond aan zijn riem achter zich aan. 'Kom op, kreng, lopen.'

32

22.25 uur – Politiebureau

'Nee, ik heb geen kinderen,' zei mevrouw Schaarsberg Donk, burgemeester, met ijs in haar stem. 'Waarom vraag je dat?'

'Belangstelling, Simone, gewoon uit belangstelling,' zei Stork minzaam.

'Hou je belangstelling maar voor je.'

Er werd op de deur geklopt. Commissaris Graven, die ongemakkelijk de conversatie tussen burgemeester en officier van justitie had gevolgd, greep de gelegenheid aan om op te staan en de deur open te doen. Er stapte een agent binnen die drie keer goedenavond zei, één keer tegen elk van de aanwezigen in de kamer.

'Ook goedenavond,' zei Graven, 'zeg het maar.'

'Er is een telefoontje binnengekomen, of beter gezegd twee, bij de ouders van het ontvoerde kindje. Maar de inhoud was nogal verschillend. Bij het eerste telefoontje werd gezegd dat het een vergissing was, die hele ontvoering, en bij het tweede werd een losgeld geëist van honderdduizend euro.'

De mond van mevrouw Schaarsberg Donk viel een klein stukje open. Stork fronste zijn wenkbrauwen. Graven kwam niet verder dan een intelligent 'Heu?'.

'Zat er een tap op dat toestel van die ouders?' vroeg Stork.

'Nog niet. Ze waren net onderweg ernaartoe,' zei de agent, die zenuwachtig van voor naar achter wiebelde.

'Laat die ouders zo snel mogelijk ophalen en naar mijn bureau brengen,' zei Graven.

'Misschien kun je ze beter thuis laten, Wiebe,' zei Stork, 'voor het geval er weer wordt gebeld. Misschien niet zo'n goed idee als dan een van jouw agenten de telefoon opneemt.'

'Mm, misschien heb je gelijk. Het is beter dat ze thuisblijven.' Tegen de agent in de deuropening vervolgde hij: 'Laat Zwarthoek naar die ouders gaan, met Drijver, en zeg dat ik ook daarnaartoe kom.'

'Misschien moet je ook een vrouw meesturen voor die moeder, Wiebe,' opperde Stork.

Jezus, wat heeft die man vaak gelijk, dacht mevrouw de burgemeester zuur.

33

22.15 uur – Flat van Hendrik

'We zijn het er dus over eens dat het eigenlijk het beste zou zijn om ons logeetje nu al weer goed in te pakken, in haar kinderwagen te leggen en naar een handige plek te rijden, maar... er zijn daarbij twee problemen. Een: kinderwagen en dekentje zijn nog kletsnat. Twee: een deur naast ons ligt de buurvrouw op de loer. De kans dat die ons betrapt is behoorlijk groot.' Ik nam een haaltje van mijn sigaartje. Voor deze speciale gelegenheid had ik mijzelf er een gegund. Om te voorkomen dat de baby ongewenst zou meeroken, hield ik mijn sigaar door een kier van de balkondeur buiten en blies de rook het balkon op. Bas had hiervan geprofiteerd en had zijn dikke kattenlijf weer naar binnen gewurmd.

Evert stond, met zijn neus dichtgeknepen, te proberen of hij de kat met zijn voet weer naar buiten kon duwen, maar er was geen beweging in te krijgen.

'Jezus, Henk, ik heb liever tien sigaren dan dat stinkende beest. Als die lucht in de gordijnen gaat zitten komt er nooit meer iemand op visite.'

‘Er komt al bijna nooit meer iemand op visite.’

‘En ik dan?’

‘Jij bent geen visite, jij bent een vriend. En vrienden hebben wel een minder frisse lucht over voor een bezoek.’

‘Een minder frisse lucht? Man, ik ben hartstikke allergisch voor katten.’

‘Aansteller.’ Ik doofde mijn sigaartje, zette Bas op het balkon en deed de deur dicht. ‘Zo, die is buiten. Je kunt weer opgelucht ademhalen. Waar waren we gebleven?’

‘Wanneer brengen we de baby weg? Hoe brengen we de baby weg? En waar brengen we de baby naartoe?’

‘Hoezo, hoe?’

‘Nou ja, misschien valt die kinderwagen eigenlijk wel heel erg op. Misschien moet kleine Christina maar eventjes in een grote doos of zo. Of in een boodschappentas, weet ik veel.’

‘Het lijkt me het beste om de baby pas ergens neer te leggen als het licht is. Anders kunnen ze haar misschien niet snel genoeg vinden,’ merkte ik op.

‘Ja, en dan kunnen de mensen ons ook wat beter zien als we haar neerleggen. Voor het signalement en zo.’

‘Ja, dat is een nadeel.’

‘Ik denk dat als we heel precies zeggen waar ze ligt en we haar heel warm inpakken, dat er dan geen gevaar is dat ze haar niet op tijd vinden.’

‘Oké, mee eens,’ zei ik. ‘Laat me eens rekenen. Het is nu... kwart over tien. Om een uur of twaalf geven we Christina een fles en een verschoning. Dan staat Gerda waarschijnlijk nog achter haar deur te wachten, maar dat houdt ze heus niet de hele nacht vol. Om een uur of vier of vijf geven we dan ons logeetje haar laatste flesje en haar laatste luier en dan brengen we haar weg.'

'En waar zetten we haar neer?' vroeg Evert.

'Eh... laat me eens denken.'

'In ieder geval niet in de buurt van hetzelfde tunneltje,' zei Evert. 'Grote kans dat daar nog een paar smerissen in de struiken zitten. Of van die Marokkaanse gastjes rondhangen.'

'Nou, het zou me verbazen als er om zes uur 's ochtends al jongelui met bromfietsen in het tunneltje staan.'

'Bromfietsen? Wie zegt er tegenwoordig nog bromfiets tegen die dingen die tachtig gaan en het lawaai van een formule-1 maken? Nou ja, laat ook maar. Waar zetten we Christina neer?'

Het bleef een poosje stil.

'Er is nog een ander fietstunneltje, iets verderop,' opperde ik.

Evert had dorst, ik kreeg al weer trek in een sigaartje en we hadden nog geen plan.

'Krijg nou de vliegende griep!' riep Evert opeens. 'Mohammed.'

'Wat is er met Mo?'

'Die moet nog uitgelaten worden. Helemaal Mootje vergeten. Ik moet nog effe langs huis.'

'Kan een hond niet een keertje overslaan, qua uitlaten?' vroeg Hendrik.

'Nou, deze niet. Als ik niet snel ben, ligt er al een flinke drol op de kokosmat.'

'Je kunt mijn fiets wel lenen,' bood ik aan.

'Oké, Groen, pas goed op ons kind, ik ben over een uurtje weer terug.'

34

23.15 uur – Prinses Margrietschool

‘We zijn klaar, tenminste voor dit moment.’

Dat werd verdomme eens tijd, dacht Harry. ‘Nou, dat is mooi,’ zei hij, ‘zijn we toch nog voor twaalven thuis. Moet ik verder nog iets doen?’

‘Zorgen dat er niemand in het gebouw komt vóór morgenochtend,’ zei de rechercheur die het woord deed.

‘Hoe laat willen jullie dan weer hier zijn?’

‘Dat is nog niet bekend, maar ga voorlopig maar uit van vroeg.’

‘Hoe vroeg is vroeg?’

‘Kan ik u niet zeggen, meneer, maar ik denk niet vóór zeven uur. Wilt u ervoor zorgen dat u bereikbaar blijft? We hebben uw nummer en we bellen u voordat we naar binnen gaan. Is er nog gebeld trouwens?’

‘Nee, niks.’ Harry kon bijzonder slecht liegen.

‘Ik meen toch zeker te weten ten minste twee keer de telefoon te hebben gehoord.’

‘Dat was mijn vrouw. Waar ik bleef. Ik zal je haar de volgende keer geven.’

'Nee, laat maar,' zei de politieman. 'Ik zou graag van u een voordeursleutel krijgen en de code van het alarm.'

Met slecht verborgen tegenzin voldeed de conciërge aan zijn verzoek.

'U kunt nu afsluiten. Ik raad u trouwens aan niet met de pers te praten, al moet u het uiteindelijk natuurlijk zelf weten. Ik zie u graag morgenochtend weer. Goedenavond.'

'Goeienácht,' bromde Harry.

De laatste vier rechercheurs liepen door de gang naar de voordeur, duwden zonder veel plichtplegingen een paar journalisten die niet gauw genoeg opzijgingen aan de kant, en zonder ze verder een blik waardig te keuren sloten ze de deur en liepen naar hun auto's. Ze overlegden kort met de twee overgebleven geüniformeerde collega's die in hun politieauto de wacht hielden voor het schoolplein en weg waren ze.

Harry was alleen.

'Wat moet ik nou?' vroeg hij zich hardop af. Hij zette op een rijtje wat er de laatste paar uur was gebeurd. Eerst een telefoontje van Hetty. Vlak daarna een telefoontje van de ontvoerder. Die had gezegd dat hij die ouders moest bellen. Dat waren goede vrienden van Ester, de gymjuf, en gelukkig had hij via haar hun adres en telefoonnummer gekregen om voorafgaande aan het kerstspel met ze te overleggen.

Een paar minuten later had hij ze gebeld, met zijn eigen mobiel, maar met de nummerherkenning uit. Hij was in een kast gaan staan en had zijn stem verdraaid en door een wc-rol gepraat. Daar kon hij zich geen buil aan vallen. Als ze het ontdekten, kon hij zeggen dat de ontvoerder het zo had opgedragen. De enige kans dat ze erachter kwamen, was wanneer de ontvoerder morgenochtend weer zou bellen. Dus was het handig als hij dan zelf de telefoon opnam, dan kon er niet veel misgaan. Daarna gewoon bij de politie melden waar de ontvoerder de baby had neergezet, zodat die daarna het kindje konden ophalen en de ouders waarschuwen. Zo bezien viel de schade mee. Maar achteraf bekeken had hij misschien toch beter meteen de politie in kunnen lichten. Maar dan had hij misschien de hele nacht moeten blijven. Nu moest hij alleen morgenochtend heel vroeg op. Om zes uur, uiterlijk half zeven moest hij er zijn. Nog vroeger zou die ontvoerder vast niet bellen.

Harry deed de lichten uit, toetste de code van het alarm in en wrong zich door de voordeur naar buiten. Hij kon nauwelijks naar zijn auto lopen, zo opdringerig waren de journalisten. Een van hen bood hem tweehonderd euro voor nieuwe informatie en tandenknarsend hield hij zijn mond. Hij wist dat hij dan zijn baan kwijt zou zijn. Tijdens het korte ritje naar huis zat hij onafgebroken in zichzelf te vloeken.

35

23.15 uur – Huis van de ouders van de baby

Maartje Verbeek lag op de bank onder een geruite plaid. Ze had valium gekregen en voor het eerst in uren was het trillen en schokken van haar magere lijf gestopt. Haar ogen draaiden weg en vielen dicht. Ze had erop gestaan naast de telefoon te gaan liggen, en niemand durfde voor te stellen haar naar de slaapkamer te tillen. De dokter stond midden in de kamer te twijfelen of hij voor zijn fatsoen nu weg kon of dat hij nog even moest wachten. Johan Verbeek zat op het puntje van de bank. Hij schudde onophoudelijk zachtjes met zijn hoofd. Een vrouwelijke agent stond bij de deur en twee mannen van de technische recherche waren in de weer met de telefoon.

Commissaris Graven vroeg zich af wat hij hier deed, behalve dan met zijn persoonlijke aanwezigheid aangeven dat deze zaak de hoogste prioriteit had van de politie. De verklaring van de vader van de ontvoerde baby was opgenomen en zo goed als waardeloos. De man was zo in de war van de twee telefoontjes dat hij nauwelijks nuttige informatie kon verschaffen. De eerste beller had hem een wat oudere man geleken en de tweede ook. Dat schoot op. Wat ze precies hadden gezegd wist hij niet meer. Het kwam erop neer dat de eerste beller had verteld dat de ontvoering een vergissing was en de tweede beller, kort daarna, honderdduizend euro had geëist. Beide gesprekken waren afgesloten met de mededeling dat er morgenochtend opnieuw gebeld zou worden. Het had weinig zin hier de hele nacht te gaan zitten wachten. De vader moest geïnstrueerd worden wat hij moest zeggen als een van de mannen weer belde, maar veel meer viel er niet te doen.

Er kwam een agent binnen om te vragen wat hij met de journalisten voor de deur moest doen. Het liefst zou Graven opdracht geven willekeurig wat camera's en microfoons kapot te slaan, maar hij begreep dat dat geen reële optie was. 'Negeer ze maar voorlopig en span een paar linten waar ze achter moeten blijven. Een flink eind weg, graag.' Hij vroeg zich af hoe het mogelijk was dat ze zo snel achter het adres van de ouders waren gekomen. Het kwam niet in hem op dat ze achter zijn politieauto aan waren gereden. Hij was journalisten gaan haten. Ook nu lagen er een paar fotografen op het dak van een van de huizen aan de overkant voor de primeur van de eerste foto's van de radeloze ouders. En maar zeuren over persvrijheid als ze iets in de weg werd gelegd.

'Hebt u mij nog nodig hier?' vroeg de dokter.

Graven wendde zich tot de vader. 'Denkt u dat de dokter nog nodig is?'

De vader schudde langzaam zijn hoofd.

Toen de dokter was vertrokken, richtte Graven zich tot de heren van de technische dienst. 'Is het nou in orde?'

'Ja, de tap zit erop.'

'Waarom duurde het zo lang voor jullie hier waren?'

'Omdat niemand had gezegd dat we hierheen moesten komen.'

Graven realiseerde zich dat hijzelf degene was die dat niet had gezegd, en deed er verder het zwijgen toe.

Een tijdlang zei niemand iets.

De vader van het ontvoerde kindje schudde zijn hoofd.

De twee agenten van de technische dienst verdwenen zonder verder een woord te zeggen. Alleen een opgeheven hand als groet.

De koelkast sloeg aan.

Graven keek om zich heen.

De agente bij de deur zocht onopvallend steun tegen de muur.

De vader schudde zijn hoofd.

Zijn vrouw kreunde zachtjes.

De telefoon ging.

Graven schrok op. Verbeek viel bijna van de bank. De agente liep naar het toestel en aarzelde.

'Zo rustig mogelijk opnemen,' beval de commissaris de vader.

'Met Verbeek.' Hij sprak het uit alsof hij verbaasd was over zijn eigen naam. Even luisterde hij naar degene aan de andere kant van de lijn. Toen legde hij zonder iets te zeggen neer.

'Het was een journalist.'

'God-ver-dom-me.' Graven zei het langzaam, als een diepe zucht.

36

23.30 uur – Flat van Hendrik

Ik stond voorovergebogen, met mijn leesbril op mijn neus, van dichtbij de billetjes van de baby nauwkeurig te inspecteren op achtergebleven poep.

'En, Sherlock Holmes, zie je al wat?' vroeg Evert grijnzend.

Mijn vriend stond met bewondering toe te kijken. Ook de kleine Christina had er vertrouwen in, want er kwam een tevreden gemurmel uit, gevolgd door een boer waar een bouwvakker zich niet voor hoefde te schamen. 'Zooo, heb je niks gebroken, meissie?' zei Evert. We hadden haar net zo lang de fles gegeven tot er meer uit kwam dan erin ging.

Tevreden lag ze even later in haar verschoonde en bijna droge kinderwagen te slapen. De badhanddoek die als dekentje diende hadden we nog aangevuld met een tafelkleed, zodat ze het zeker niet koud kon krijgen.

'Nog veel werk hoor, zo'n hummel,' zei ik. Er stonden een paar druppeltjes zweet op mijn voorhoofd. Ik veegde even langs mijn ogen.

‘Er komen oude herinneringen boven, hè, vriend?’ zei Evert en hij legde onbeholpen een hand op mijn schouder.

‘Ja, nogal.’

Zwijgend stonden we naast elkaar.

Ik kuchte. ‘Ik ga naar bed.’

‘Waar slaap ik eigenlijk?’ vroeg Evert.

‘Je mag bij mij in mijn bed,’ bood ik aan. ‘Het is een tweepersoons. Eén kant is al een tijdje niet meer gebruikt.’

‘Hoe is het eigenlijk met haar?’

‘Hetzelfde. Een kasplantje. Een geknakt kasplantje. Onder de medicijnen. Ik weet eigenlijk niet precies wat er zou gebeuren als ze daarmee zou stoppen.’

‘Ga je nog wel steeds op bezoek?’

‘Elke maand. Ik wandel een uurtje met haar en we drinken een kopje thee. Er is enige herkenning en genegenheid. Het went. Ik word er niet meer zo verdrietig van als vroeger. De dokter vindt dat ze langzaam vooruitgaat en denkt dat ze misschien over een tijdje weer eens op proef naar huis kan. Dan zou ik natuurlijk ook weer terug moeten naar ons oude huis, want hier is het te klein voor met z’n tweeën. Ik zie daar nogal tegen op, eigenlijk.’

‘Wat is een tijdje?’

‘Dat kon die arts niet precies zeggen. Een half jaar, een jaar... Misschien nog langer.’

Evert gaf iets wat op een voorzichtig schouderklopje leek. Het was even stil.

Toen zei Evert uit het niets: ‘Ik heb me ingeschreven voor een aanleunwoning.’

Het drong niet meteen tot me door en misschien keek ik erg verbaasd, want Evert herhaalde: 'Ik heb me ingeschreven voor een aanleunwoning.'

'Jij in een aanleunwoning? Tussen de bejaarden? Hoe kom je daar zo opeens bij?'

Evert keek moeilijk en legde uit hoe dat zo kwam. Hij was bij de dokter geweest voor zijn suikerziekte en die arts had hem verzekerd dat als hij op dezelfde voet doorleefde, hij goede kans had om in een rolstoel terecht te komen.

'En wat bedoelde hij met op dezelfde voet? Drinken en roken?' vroeg ik.

'Inderdaad. Plus nog ongezond eten. Dus ik zeg tegen hem dat ik liever in een rolstoel zit dan te stoppen met alles wat lekker is. En dat ik toch altijd al een hekel had aan wandelen.'

De dokter had gesuggereerd dat hij zich als voorzorgsmaatregel dan maar beter vast kon inschrijven bij een bejaardenhuis. Ik wierp tegen dat hij binnen de kortste keren uit datzelfde bejaardenhuis gezet zou worden wegens wangedrag.

'Daarom ga ik ook aanleunen, Hendrik. Niet erin, maar ertegenaan. En nou dacht ik, wil jij dan niet op jouw beurt tegen mijn woning aanleunen? Dat je je ook inschrijft.'

Evert overviel me hier nogal mee, ik was zowaar een paar minuten ons kleine logeetje vergeten.

'Daar moet ik eerst eens een paar nachtjes over slapen. En met het eerste nachtje ga ik nu maar beginnen, we moeten vroeg weer op. Ga je mee?'

'Ik ga wel op de bank, als je het niet erg vindt.'

'Ben je vies van me?'

'Nou, een beetje wel, ja. Heb je misschien een verse pyjama voor me?'

Dat had ik.

We kennen elkaar al meer dan tien jaar, maar nog nooit zijn we bij elkaar blijven slapen. Het is een wonderlijke en bijzondere vriendschap tussen twee zeer verschillende karakters. Ik ben het prototype brave burger, soms tot mijn eigen ergernis, maar het is niet anders. Jarenlang hoofd van een lagere school geweest. Belezen, verstandig, voorzichtig. Ik probeer zo min mogelijk te denken aan de grote tragedie in mijn leven, of eigenlijk twee. Mijn dochtertje is verdronken toen ze vier jaar was. Ik dacht dat mijn vrouw op haar lette en mijn vrouw dacht dat ze bij mij was. Ze is met haar driewieler een slootje in gereden.

Mijn vrouw is er nooit meer bovenop gekomen. Ze is manisch-depressief geworden en sinds de laatste grote depressie, waarbij ze dreigde zichzelf iets aan te doen, zit ze nu al weer een paar jaar in een gesloten inrichting. Haar zoveelste opname. Omdat ik het niet meer trok om alleen in ons huis te zitten, heeft een vriendin van me tijdelijk deze flat voor me geregeld. Ik kan hier in ieder geval drie jaar blijven.

Nu vul ik een groot deel van mijn tijd met het bestrijden van onrecht, middels ingezonden brieven aan *Het Parool*.

Mijn vriend Evert leest nooit een krant en kijkt ook niet naar het journaal. Hij is impulsief en bij vlagen lomp en opvliegend. Zijn vrouw is vorig jaar overleden en Evert is, net als ik, na zijn pensionering het contact met de rest van de wereld een beetje kwijtgeraakt. Hij heeft twee kinderen. Met een ervan heeft hij geen contact en de ander, zijn zoon Jan, woont ergens in Brabant en ziet hij weinig, eigenlijk alleen met Kerstmis en verjaardagen. Om een beetje aanspraak te hebben heeft hij een hond genomen, Mo.

Als je me zou vragen wat we met elkaar gemeen hebben, zou ik zeggen: een groot gevoel voor rechtvaardigheid. We zijn elkaar tegengekomen in het plaatselijke 4 mei-comité, dat ijverde voor een monument voor de gevallenen. We vulden elkaar aan en vormden een gevreesd duo voor ambtenaren en lokale politici. Ik schreef indrukwekkende bezwaarschriften, waarbij ik mijn autoriteit als schoolhoofd in de strijd gooide; juist voor toekomstige generaties is het tenslotte belangrijk dat de oorlog herdacht blijft worden. En Evert trok, bij wijze van argument, af en toe een ambtenaar over zijn bureau.

Na vijf jaar strijd stond er een monument voor de gevallenen in een plantsoen in onze wijk. Een onbegrijpelijk beeld, alleen uit de tekst op de sokkel kon je opmaken dat het iets met slachtoffers van de Tweede Wereldoorlog te maken had, maar toch. Het had ons met trots vervuld en een band voor het leven geschapen. Een band die de laatste jaren bestaat uit een tweewekelijks bezoek van Evert aan mij en een tegenbezoek in de tussenliggende week van mij aan Evert. Het programma is steeds hetzelfde: een borrel, een hapje eten en een potje schaak.

Het kerstkindje had de routine danig verstoord, waardoor ik nu voor Evert een bed stond op te maken op de bank.

‘Heb je misschien een tandenborstel voor me?’ vroeg Evert.

‘Je mag de mijne wel gebruiken, hoor.’

‘Dat vind ik vies.’

‘Ik heb er maar een.’

‘Heb je niks anders?’

Ik rommelde wat in de keukenkastjes en kwam tevoorschijn met een afwasborstel. ‘Voilà.’

‘Nou ja,’ zei Evert, ‘ik haal m’n tanden toch uit m’n mond, dus wat maakt het uit. Nou moet ik alleen nog een glas hebben om ze in te doen.’

We liepen naar de badkamer. Evert haalde zijn gebit uit zijn mond, poetste het met de afwasborstel en deed het in het glas dat op de rand van de wastafel stond.

‘Die borstel gebruik ik normaal gesproken voor de wc,’ grapte ik.

‘Gadverdamme!’ riep Evert. Hij draaide zich met een ruk naar me om en stootte daarbij met zijn elleboog het glas van de wastafel, dat in scherven viel op de tegels van de badkamervloer. Tussen de scherven lag zijn gebit. Er was een stuk afgebroken. ‘Krijg toch wat, verdomme.’

‘Het was maar een grapje...’ Waarschijnlijk keek ik zo onthutst dat mijn vriend er onwillekeurig om moest lachen. Dat was geen prettig gezicht, zonder gebit.

37

00.00 uur – Flat van Wil

Wil kon niet slapen. Zijn vrouw des te beter. Er klonk een licht gesnurk vanaf haar kant van het bed. Hij stond zachtjes op en ging aan de keukentafel zitten met een biertje. Hij nam nogmaals zijn geniale plan door. Zou hij toch één keer in zijn leven zijn slag slaan. Alleen... misschien had hij meer moeten vragen. Honderdduizend euro was vijf jaarsalarissen. Tweehonderdduizend euro was tien jaarsalarissen. Maar ja, een ton was makkelijker bij elkaar te krijgen dan twee. Over een ton zouden ze niet moeilijk doen. Dat kon ook makkelijk in een plastic tas. Tenminste... eigenlijk had hij geen idee. Hij zocht bij elkaar wat hij aan papiergeld in zijn portemonnee had. Leegde ook de portemonnee van zijn vrouw. Acht briefjes. Hij vouwde ze dubbel en had zo een stapel van zestien. Hij vouwde ze nog een keer dubbel. Tweeendertig. Hij moest geen briefjes van honderd vragen. Briefjes van vijftig, die vielen niet op. Tweeduizend briefjes van vijftig was honderdduizend euro, rekende hij uit. Zeg maar zestig van de pakjes die hij nu in zijn hand had. Ja, dat kon wel in een plastic tas. Dat kon met een beetje proppen ook in een papierbak. Hij nam een slok en liet een boer.

38

00.00 uur – Politiebureau

'Hoe laat is het?' vroeg burgemeester Schaarsberg Donk. 'Ik wil eigenlijk wel naar huis.'

'Het is twaalf uur precies,' zei de gemeentevoorlichter.

'Hoe staat het met het onderzoek, Wiebe?' vroeg de burgemeester. 'Heb je inmiddels al iets?'

'Nee, ik heb nog niets. Er is twintig man op gezet. Nog geen spoor van de baby, alleen twee telefoontjes van twee mannen die zeggen dat ze het kindje terug zullen brengen. De ene voor niets en de andere voor honderdduizend euro.' De commissaris zweeg en pulkte aan zijn politiesnor.

'Wat denk je ervan?' vroeg de burgemeester.

'Ik denk dat die oudere man, die met die regenjas, in de war was toen hij dat kind meenam en nu niet meer weet wat hij moet doen,' zei Graven, 'maar dat is een gok. Er zijn diverse mogelijkheden.'

'Zoals?' vroeg officier van justitie Stork.

'Misschien heeft hij de baby intussen aan iemand anders gegeven, die er een slaatje uit wil slaan.'

'Slaatje uit wil slaan?' herhaalde Stork.

'Geen prof in ieder geval. Die vraagt geen honderdduizend, die vraagt een miljoen.'

'Ja, het is bijna een belediging voor de baby,' zei Stork.

'Kun je dat cynisme voor je houden?' vroeg Schaarsberg Donk.

'Sorry?'

'Wat ook kan, is dat degene die losgeld vraagt de baby helemaal niet heeft. Of dat degene die zegt de baby terug te zullen brengen, haar helemaal niet heeft. Er lopen gekken genoeg rond. Voor wat we kunnen doen, maakt het allemaal niet zo heel veel uit.'

'Wat, kort samengevat, hebben we tot nu toe gedaan?' Vragend keek de burgemeester naar de politieman.

'We hebben ruim dertig mensen ondervraagd die aanwezig waren in de school. Resultaat: twee volwassenen en een kind hebben de man gezien, maar kunnen hem nauwelijks omschrijven. We zijn al bij een stuk of vijftig adressen in de directe omgeving van de school langs geweest. Resultaat: één persoon meent iemand met een kinderwagen richting centrum te hebben zien lopen en een ander dacht iemand met een kinderwagen de tegenovergestelde kant op te hebben zien gaan. Morgenochtend gaan we verder. Nog pak hem beet vijfhonderd adressen te gaan. Of duizend. Verder nog te doen: onderzoek in de straat van die ouders en bij vrienden, familie en bekenden van die ouders. De school is binnenstebuiten gekeerd, maar daar hebben een paar honderd mensen over alle sporen gelopen. We hebben in een wc-pot een regenjas gevonden van de vermoedelijke dader. Daderprofiel wordt opgesteld. Het is de vraag wat we daarmee gaan doen, morgen op de persconferentie. Verder posten we permanent bij de ouders en bij de school. Ten slotte worden we gek van de journalisten. Die ouders zijn al drie keer gebeld. Ik heb nu alle hoofdredacteuren van de kranten laten bellen en hoop dat die hun mensen een beetje onder controle houden. Dat is alles wat ik voor het moment heb kunnen bedenken.'

Er viel een korte stilte.

'Mag ik?' Mathieu Stork keek de aanwezigen om de beurt aan.

Mevrouw de burgemeester knikte vermoeid.

'Ik denk dat we onze tijd verdoen. Ik denk dat die baby vanzelf weer terugkomt. Die oude man heeft in een opwelling die kinderwagen meegenomen. Misschien had hij niet eens door dat er een baby in lag. Eerst probeerde hij de kinderwagen ongezien weer terug te brengen, maar daar kwam iets tussen. Waarschijnlijk die Marokkaanse jongens, misschien iets anders. Doet er niet veel toe. Daarna was het een beetje te laat om nog een poging te wagen. En belde hij de ouders om ze gerust te stellen. Anders is dat telefoontje totaal niet te verklaren. Dus mijn advies: even niets doen.'

'Onmogelijk!' bitste de burgemeester. 'Niets doen is geen optie. Hoe denk je dat daarop gereageerd gaat worden? Dan word ik met de grond gelijk gemaakt. Nee, we gaan voor een brede, krachtdadige aanpak.'

Stork zuchtte diep.

'Ja, je kunt wel zuchten, Mathieu, maar we gaan echt niet niets doen.'

'Als bekend wordt dat we niets doen hebben we een probleem,' viel de commissaris zijn burgemeester bij.

'Volgens mij is het enige echte probleem dat verdwenen baby'tje.' Stork zuchtte opnieuw. Te vaak had hij zich al zonder succes verzet tegen zogenaamd krachtdadig optreden. Te vaak had hij zich geërgerd aan de alfa-aapjes (m/v) aan de macht. Aan de kortzichtigheid. Aan het steeds weer maken van dezelfde fouten. Aan de slaafse onderworpenheid aan de publieke opinie.

Mathieu Stork, hoofdofficier van justitie, kon het haast niet meer opbrengen.

'Morgen tien uur persconferentie. Ik stel voor om acht uur hier weer bij elkaar te komen voor overleg. Als er eerder iets is, horen we het vanzelf.' Ze keek de kleine kring rond. Niemand maakte bezwaar. 'Welterusten, voor zover ieder eraan toekomt.' Ze trok haar chique jas aan en vertrok.

'Hoe staat het eigenlijk met de Marokkanen, Wiebe?' vroeg Stork.

'Nog rustig, maar ik verwacht morgenmiddag misschien relletjes,' zei de commissaris. 'Ik heb vier pelotons ME achter de hand. De politie houdt zich zo stil mogelijk. En ik kondig morgenochtend aan dat er een onderzoekscommissie wordt ingesteld met daarin een paar Marokkanen.'

'En excuses op voorhand?'

'Mag niet van de minister, anders had ik ze in dit geval al gemaakt omwille van de lieve vrede. Hij belde er speciaal over op dat er ook in dit geval geen uitzondering gemaakt kan worden op de regel dat er lopende het onderzoek geen mededelingen worden gedaan.'

'Nou, nodig hem dan maar vast uit voor de rellen,' zei Stork gelaten. 'Welterusten, of eigenlijk meer: tot straks.'

39

00.00 uur – Flat van Harry

Harry stond voor het raam van zijn flat naar buiten te staren. Hij was er niet gerust op dat hij ermee weg zou komen dat hij de politie niet had ingelicht over het telefoontje van de ontvoerder. Hij kon ook niet zo goed bedenken hoe hij het anders had moeten aanpakken. Hij moest eigenlijk naar bed, maar was bang dat zijn vrouw wakker zou worden en eindeloos vragen zou gaan stellen. Uiteindelijk ging hij op de bank liggen en viel na veel zuchten en steunen in een onrustige slaap.

Woensdag 22 december

40

04.30 uur – Flat van Hendrik

Het is dat een baby van een paar maanden oud nog geen enkel besef heeft van wat eng is, anders had de kleine Christina niet zo tevreden aan de fles liggen sabbelen die in de rimpelige hand zat van een verkreukelde ouwe vent met een ingevallen, tandeloos mondje, een baard van drie dagen en rechtopstaande grijze haren. Toen ik voorzichtig bij Evert informeerde of hij een beetje had geslapen op de bank, mopperde hij dat hij, toen hij eindelijk even was ingedommeld, van de bank was gevallen. Op zijn bril. Die stond nu scheef op zijn hoofd.

Ikzelf had weliswaar comfortabeler gelegen, maar ook geen oog dichtgedaan. Ik stond nu naast de theeketel om te voorkomen dat die zou gaan fluiten. Toen ik dacht dat het water wel ongeveer heet genoeg was, zette ik twee kopjes thee. Daarna smeerde ik twee boterhammen met pindakaas, gaf er een aan Evert en begon zelf aan de andere.

'Moet ik haar even van je overnemen?'

'Isj goed. Kan ik esjen kijken osj het nog geholpen heesjt met me gebit.'

'Wat zeg je?'

'Datsje de griep kan krijge.'

Voorzichtig legde Evert Christina in mijn armen.

Evert had voor het slapengaan het afgebroken stuk gebit er weer aan gelijmd, er twee elastiekjes omheen gedaan om de delen tegen elkaar gedrukt te houden, en het hele pakketje op een bord op de verwarming gelegd. Voorzichtig pakte hij het gebit op, haalde de elastiekjes eraf, deed het in zijn mond en haalde drie seconden later de twee losse stukken er weer uit. Er was geen knakje te horen geweest.

'O, nee.'

'Velpon lijmt alles. Alleen niet voor lang,' zei ik, 'en dat betekent dat er geen meningsverschil is over wie van ons straks moet bellen.'

Evert keek naar zijn gebit en dacht na. 'Hebsje tape missjien? Tape,' zei hij nogmaals toen ik hem vragend aankeek.

Christina liet een stevige boer en er kwam een golfje melk mee terug dat over mijn hand en overhemd liep. Ik gaf de baby terug aan Evert en ging met lauwwarm water de melk uit mijn hemd poetsen.

'We moeten zo gaan,' zei ik even later. Evert duwde net zijn gebit met tamelijk veel kracht op min of meer de goede plaats in zijn mond. Hij had het afgebroken stuk er met tape weer aan geplakt, maar dat was de pasvorm niet ten goede gekomen. Het leek alsof zijn tanden los in zijn mond zweefden.

'Zeg eens wat.'

'De kwat kwabt de kwullen van de twap.'

Ik moest lachen. Het baby'tje in mijn armen lachte mee. Evert vergat op slag zijn gebit.

'Ik trek haar jas en schoentjes en wantjes aan. En de muts niet te vergeten. Zoek jij intussen even een grote tas in de gangkast.' Evert verdween naar de gang en kwam even later terug met een brandweerrode canvas boodschappentas.

'Een Dirk-tas! Dat kan toch niet! Je doet een baby toch niet in een Dirk-tas.' Ik was oprecht geschokt.

'Het was de grootste die ik kon vinden.'

'Hm.' Ik deed de tas wijd open en schatte de lengte van de baby. Waarschijnlijk zou het net niet passen. Ik dacht even na, haalde een schaar uit de keuken en knipte een gat onder in de zijkant van de tas. 'Daar moeten de beentjes doorheen.'

We legden een dubbelgevouwen handdoek onderin, lieten het meisje voorzichtig in de tas zakken, schoven haar voetjes door het gat in de zijkant en dekten haar af met een tweede handdoek en een vuilniszak. Om de voetjes deden we twee paar geitenwollen sokken van mij. Daaromheen ging weer een plastic boterhamzakje met een elastiekje. Twee roerstokjes voor verf zorgden ervoor dat de wanden van de tas voldoende uit elkaar bleven staan. Christina gaf geen kik en leek heel tevreden met haar nieuwe reiswieg.

'Til eens op,' zei ik.

Evert tilde de tas op, liep er een paar keer mee heen

en weer door de kamer en zette hem toen weer neer. ‘Prima.’

‘Hoe laat is het?’

‘Bijna vijf uur.’

‘Oké, we gaan. Je weet de weg?’

‘Ik ga hier de straat uit rechts, steek over bij het stoplicht, volg het fietspad ongeveer driehonderd meter, tot het eerste tunneltje. Daar geef ik Christina een kusje en zet haar onder een lamp.’

‘Goed zo. We gaan.’

Zo zacht mogelijk gingen we de deur uit en stapten de lift in. Terwijl we naar beneden gingen, keek ik nog een keer aandachtig in de Dirk-tas. Beneden schraapte ik mijn keel. ‘Succes, Evert.’

‘Ja, jij ook, hè. Tot straks.’

41

05.15 uur – Flat van Harry

Harry schrok wakker. Even had hij geen idee waar hij was. Toen drong tot hem door dat hij op zijn eigen bank in slaap was gevallen en herinnerde hij zich de gebeurtenissen van de avond ervoor. Hij moest naar school, voor het geval die ontvoerder weer zou bellen. Hij had spijt dat hij de vorige avond niets tegen de politie had gezegd. Hij kreeg er opeens ontzettend de zenuwen van. Hij rook onder zijn armen. Voor een schoon overhemd moest hij de slaapkamer in. Zo zacht mogelijk opende hij de deur. De deur van de linnenkast kraakte.

'Wat doe jij nou?' Hij schrok zich een ongeluk van de schorre stem van zijn vrouw. Ze kwam half overeind, in het donker vaag en vormeloos.

'Ik pak een overhemd.'

'Hoe laat is het?'

'Vroeg.'

'Hoe vroeg?'

'Wat maakt dat nou uit. Ga maar weer slapen.'

Zijn vrouw zocht de wekker. 'Het is kwart over vijf,

Har, en jij staat in de kast een overhemd te zoeken.'

Hij kreeg opeens een inval. 'Het alarm op school is afgegaan.'

'Nou ja, zeg, sinds wanneer kan jou dat wat schelen?'

'Sinds gisteren. Zet straks het nieuws maar aan.'

'Het nieuws? Hoezo?'

'Geen tijd nu. Ik moet gaan.'

Harry deed de slaapkamerdeur dicht en trok in de huiskamer het schone overhemd en de broek aan die hij had gepakt. Toen hij met zijn sokken bezig was stapte zijn vrouw in haar ochtendjas de kamer binnen. 'Wat is er allemaal aan de hand?'

Met onverholen tegenzin vatte Harry de situatie samen. 'Er is een baby verdwenen op school en straks staat de politie voor de deur.'

'Hier?'

'Nee, natuurlijk niet hier. Op school.'

'Nou zeg, doe eens een beetje rustig, hoe kan ik dat nou allemaal weten?'

'Ach, laat maar.'

'Nee, laat helemaal niet maar! Kan ik iets doen?'

'Nee.'

Harry trok zonder verder iets te zeggen zijn jas aan, controleerde of hij alle sleutels had en stapte de galerij op.

42

Tezelfdertijd – Op straat

Het regende zacht. Ik was voor de zekerheid deze keer naar een andere telefooncel gelopen, bij het busstation. Nu stond ik nat en enigszins hijgend in het hokje met de telefoon in mijn hand. Ik had de hele weg om me heen gekeken, tot ik me realiseerde dat dat mij nog verdachter maakte dan ik al was.

Een oude vent die voor dag en dauw door de regen naar een telefooncel bij een busstation loopt terwijl de bussen nog niet rijden. En daar gaat staan bellen. Ik glimlachte even. Dat is niet om zijn moeder te zeggen dat-ie wat later thuiskomt met eten. Vervolgens pakte ik uit mijn portemonnee het gele briefje met daarop het nummer van de school. Ik repeteerde nog een keer mijn tekst, haalde toen diep adem en toetste het nummer in. Vijf keer ging hij over, toen hoorde ik: 'Dit is het antwoordapparaat van de Prinses Margrietschool. Momenteel zijn wij niet telefonisch bereikbaar. Wij verzoeken u terug te bellen op maandag tot en met vrijdag tussen acht en vier uur. Ziekmeldingen en andere boodschappen kunt u achterlaten na de piep.' O god. Geen moment had ik rekening gehouden met de mogelijkheid dat niemand de telefoon op zou nemen. Als niemand opnam, kon ook niemand de baby gaan ophalen, die nu bij drie graden boven nul in een Dirk-tas in een tunneltje stond. Er klonk een piep. Ik aarzelde nog een moment en legde toen de hoorn erop. Zo snel ik kon liep ik grotendeels dezelfde weg terug, sloeg twee straten voor ik bij mijn flat was links af, liep een uitgestorven wijk met eengezinswoningen door en stak schuin over een parkje in. Een paar minuten later kwam ik bij een tunneltje. Van ver zag ik al de grote rode tas staan. Ik haastte me nog meer, kwam bij de tas, boog me voorover en slaakte een zucht van verlichting. Christina lag rustig te slapen onder haar provisorische dekentje en zag er warm en tevreden uit. Ik tilde de tas op, keek om me heen en liep toen terug naar mijn flat. Ik moest oppassen dat de tas niet steeds tegen mijn knieën botste en hield hem daarom wat van mijn lichaam af. Na een minuut hield ik het al niet meer en moest ik van arm wisselen. Even later stond ik zwaar hijgend weer in de lift. Stekende pijn in beide armen. Ik moest tegen de zijwand leunen om niet om te vallen. Met mijn laatste krachten opende ik de deur van mijn flat, zette de tas onder de kapstok en zeeg er zelf uitgeput naast neer.

Everts tanden vielen bijna uit zijn mond van verbazing.

43

05.35 uur – Prinses Margrietschool

Harry parkeerde zijn auto recht voor de ingang van het hek en stapte gehaast uit.

'Goedemorgen meneer, mag ik vragen wat u komt doen?'

Harry schrok van de agent die achter hem opdook. 'Ik kom de school openen.'

'Om half zes?'

'Ja, uw collega had gezegd dat ik vroeg op school moest zijn.'

'Mijn collega had gezegd dat u bereikbaar moest blijven.'

'Ja, dat ook.'

'Wat bent u van plan te gaan doen?' vroeg een tweede agent die erbij was komen staan.

'De rotzooi van gisteren opruimen, bijvoorbeeld. Koffiezetten. Spullen klaarzetten. Zulk soort dingen.' Harry werd zenuwachtig.

'U mag absoluut niet komen op plaatsen die zijn afgezet met rood-wit lint, dat weet u?'

'Ja, dat weet ik.'

'Nou, gaat u dan maar. Maar graag eerst even uw wagen iets verderop parkeren. U staat in de weg.' De agenten gingen weer in de auto zitten.

Harry zette zijn auto met zichtbare tegenzin tien meter verder en liep naar de voordeur van het schoolgebouw. Hij opende de deur en werd even verblind door het flitslicht van een camera. Zelfs nu nog lag er een fotograaf in de struiken. Hij vloekte, ging naar binnen, zette het alarm uit en liep door naar het keukentje, waar de telefoon stond, met daarnaast het antwoordapparaat. Het knipperende lampje gaf aan dat er was gebeld. Hij spoelde het bandje terug en luisterde. Het antwoordapparaat meldde dat er een opgeslagen bericht was van 05.17 uur. Het bericht bestond uit een korte stilte en de klik van iemand die ophangt.

Harry realiseerde zich dat hij flink in de problemen zat.

44

05.45 uur – Flat van Hendrik

'Hoe laat zou zo'n school weer opengaan?' vroeg Evert zich hardop af nadat hij zijn gebit voor de zoveelste keer op zijn plaats had gedrukt.

'Tja. Een uur of half acht?' opperde ik. Toen ik nog werkte was ik altijd al vroeg op school om de verwarming aan te zetten, een rondje door het gebouw te lopen en alvast wat administratie te doen. Ik genoot van dat stille uurtje voordat de kinderen kwamen en de drukte losbarstte.

'Het had ook gekund dat er wel iemand was geweest toen je belde. Toch? Het is toch een bijzondere situatie. Er wordt niet elke dag een baby meegenomen.'

'Nee, Evert, dat is inderdaad geen dagelijkse praktijk.' Ik zuchtte. 'Eigenlijk was het niet slim van ons om ervan uit te gaan dat er om kwart over vijf al iemand op die school zou zijn. Maar het stomste is: ik had gewoon meteen de politie moeten bellen toen ik een antwoordapparaat kreeg. Zo stom!'

'Achteraf gepraat, Henk. Ik vind het al knap dat je zo

snel ons kind weer hebt opgehaald. Een nieuw persoonlijk record op de vijftienhonderd meter, denk ik.' Bij dat lange woord zakte Everts gebit weer vervaarlijk ver naar beneden. Hij nam het uit zijn mond, haalde het afgebroken deel eraf en stopte het overgebleven grootste stuk weer terug.

'Zo, dat zit toch beter. Ik laat het maar zo.'

'Wat nu? Wat doen we nu?' Langzaam tikte ik met mijn wijsvinger op tafel. 'Ik zou toch denken,' gaf ik zelf het antwoord, 'dat we het zo meteen nog maar een keer moeten proberen. Even op krachten komen, en dan ga ik weer bellen. Eerst naar die school en als ze daar niet opnemen, bel ik de politie. En dan moeten we maar hopen dat we niemand tegenkomen.'

'Ik weet nu in ieder geval de weg naar dat tunneltje,' zei Evert, 'en net heb ik niemand gezien, dus best kans dat dat zo blijft. Hoe laat staat die verschrikkelijke buurvrouw van jou meestal op?'

'Dat hou ik niet zo precies bij, maar meestal hoor ik niet veel voor acht uur.'

'Als die de lift in komt als ik daar sta met een Dirktas met een baby erin, dan weet ik niet of ik me daaruit kan lullen. Ik kan nu in ieder geval even niks bedenken.'

'Ik ook niet... Misschien moet je gewoon zeggen dat je even een gevonden voorwerp gaat afgeven. Dat is nog het meest geloofwaardig.' Ik keek op mijn horloge. 'Goed, vertrek om zes uur precies.'

'We gaan zo weer op pad met ons prinsesje. Moet er nog iets met haar gebeuren?' vroeg Evert.

De kleine Christina lag nog steeds in haar tas onder de kapstok. Ik had alleen even de vuilniszak teruggeslagen, om te voorkomen dat het te warm werd onder haar handdoek. 'Zolang er geen geluid uit komt kunnen we maar het beste niets doen, lijkt me. Behalve hopen en bidden dat het zo blijft.'

'Doe jij dat bidden maar, dan ga ik vast mijn jas aandoen.' Evert stond op van de bank.

45

05.50 uur – Prinses Margrietschool

Ondanks de kou zweette Harry behoorlijk toen hij over het lege schoolplein naar de politiewagen liep die voor het hek geparkeerd stond. Hij had een paar keer gerepeteerd wat hij zou gaan zeggen, maar toen hij naast de auto stond was hij het vergeten. De agent liet zijn raampje zakken. 'Is er iets?'

'Ja en nee,' zei Harry, 'dat wil zeggen: ik denk dat het beter is dat u iets weet. Al heb ik plechtig moeten beloven dat ik er niets over tegen de politie zou zeggen.'

Niet-begrijpend keek de agent hem aan. 'Waar hebt u het over?'

'Over dat die hele ontvoering geen ontvoering is, maar een vergissing.'

Nog steeds begreep de agent niet wat Harry probeerde te zeggen. 'Wat is een vergissing?'

'Die ontvoering. Iemand heeft mij gisteravond gebeld om te zeggen dat het een vergissing was en dat hij het baby'tje vanochtend ergens neer zou zetten zodat het veilig opgehaald kon worden. En dat ik daarover niks tegen de politie mocht zeggen.'

Langzaam drong het tot de agent door dat de man naast zijn raampje hem zojuist iets belangrijks had verteld. Hij stootte zijn collega aan. Die had niets van het gesprek gehoord omdat hij de oortjes van zijn walkman in had en onderuitgezakt, met zijn ogen dicht, vals zat mee te neuriën. Hij schrok op en haalde snel de doppen uit zijn oren. 'Wat?'

'Meneer hier heeft een telefoontje van de ontvoerder gehad.'

'Wanneer?'

'Wanneer?' echode hij door naar Harry.

'Gisteravond.'

'Gisteravond? En dat vertelt u nu pas? Hoe laat?'

'Een uur of negen. Ik had het natuurlijk wel meteen willen zeggen, maar dat werd me nadrukkelijk...'

Er werd al niet meer naar hem geluisterd. De agent bij het open raampje had de mobilofoon gepakt en riep: 'Hier 039, 039 voor H.B., spoed, over.'

'Hier H.B., zegt u het maar, over.'

'Wie heeft de leiding in die zaak van dat ontvoerde baby'tje?'

'De baas zelf, maar die is er niet.'

'Piep hem op en zeg dat de conciërge van die school nu pas vertelt dat hij de ontvoerder aan de telefoon heeft gehad. En dat we nu met hem naar het H.B. toe komen en dat er onmiddellijk een andere wagen naar die school toe moet. Over.'

'Oké, 039, over.'

'En waarom zat er nog geen tap op de telefoon van die school? Over.'

'Geen idee, ik ga het regelen, oké? Over.'

'En sluiten.'

De agent stapte uit en deed de achterdeur open. 'Instappen graag.'

'Maar de school is open. Ik kan niet weg.'

'Sluit hem dan maar weer af. De rest regelen we later wel.'

Als een geslagen hond liep Harry naar de voordeur, draaide hem op slot, ging terug naar de politiewagen en stapte in. De agent duwde bij het instappen het hoofd van de conciërge naar beneden. Harry realiseerde zich dat hij dat vaak op televisie had gezien. Er flitste een fototoestel.

Tien minuten later stopte er een politiewagen van de technische dienst voor de ingang van het schoolplein. Ze kwamen het antwoordapparaat van de school onderzoeken, maar konden het gebouw niet in omdat ze geen sleutel hadden.

46

06.00 uur – Flat van Wil

Wil werd naar wakker. Hij had gedroomd dat er tientallen baby's tussen het afval terecht waren gekomen en dat hij opdracht had gekregen levende en dode baby's op aparte stapels te leggen. Steeds als er een agent kwam controleren of hij zijn werk wel goed deed, vielen de stapels om en begonnen de levende kindjes onbedaarlijk te huilen. Een dikke bleke moeder zocht tussen de dode baby's wanhopig naar haar kind. 'Ze lijken ook zo op elkaar,' zei ze huilend. 'Er zijn er ook al weggehaald, hoor,' antwoordde een schoonmaker om te troosten.

Wil keek naast zich. Zijn vrouw lag met slaperige ogen naar hem te kijken.

'Wat is er? Je zweet helemaal.'

'Niks. Het is gewoon te heet hier.'

'Ik heb het helemaal niet heet.'

'Dat komt misschien omdat jij een hele dikke jas van vet aanhebt. Dan voel je helemaal nooit iets.'

'Ach, krijg toch wat.' Zijn vrouw draaide zich om.

Hij stond op, trok zijn oude ochtendjas aan en een

paar afgetrapte sloffen. Hij moest drie trappen af om de krant van wakker Nederland uit de bus te halen. Dat was niet zo erg. Maar daarna moest hij ze ook weer op. Vloekend en hijgend kwam hij boven, legde de krant op de keukentafel, zette de waterkoker aan en deed een zakje oploskoffie in een AZ-mok. Terwijl hij wachtte tot het water kookte draaide hij zijn eerste sjekkie van de dag. Hij stak het op en sloeg de krant open. *De Telegraaf* maakte op haar eigen bescheiden wijze melding van de ontvoering van de kerstbaby. Wil las het artikel door, maar vond geen aanwijzing dat er al losgeld was gevraagd. 'De politie tast in het duister over dader(s) en motief,' stond er. 'Mooi, houwen zo,' mompelde hij.

Wil realiseerde zich dat zijn plan in duigen zou vallen als de baby binnen een dag boven water zou komen, en hij had bedacht dat hij in dat geval pech had, maar geen enkel risico liep. Hij stond op om twee boterhammen met hagelslag te maken en heet water in zijn beker te gieten. Daarna pakte hij pen en papier en ging weer zitten. Schrijven was niet zijn sterkste kant, maar hij wilde geen vergissingen maken als hij straks de ouders ging bellen om losgeld te vragen. Een kwartier later was zijn koffie koud geworden, stonden zijn boterhammen onaangeroerd op tafel en had hij het volgende op papier gekregen: *Luister goed, dit is de ontvoerder van de baby weer. Ik wil morgenochtend honderdduizend euro in ongemerkte koepures van vijftig euro op een nader mee te delen plek afgelevert hebben. Het geld moet in een plestik Albert Hein tas zitten. Zonder microvoons of zendertjes anders gaat de baby eraan. En dus geen politie erbij halen. Je moet zelf de tas met geld afleveren. Ik bel nog hoe laat en waar.*

Hij las de tekst nog eens door en was tevreden. Dat van die ongemerkte coupures had hij eens ergens gehoord. Dat beviel hem wel. Hij zette de koffie in de magnetron en at zijn boterhammen. Twintig minuten later trok hij de deur achter zich dicht.

47

06.10 uur – Politiebureau

Commissaris Graven haastte zich het hoofdbureau binnen en vroeg zonder te groeten: 'Waar zit die conciërge?'

'In verhoorkamer twee,' antwoordde de rechercheur die al op zijn baas stond te wachten.

'Bedankt. Goeiemorgen trouwens.'

De politiemannen overlegden kort over de te volgen strategie en gingen daarna naar binnen.

In verhoorkamer twee zat Harry op een ongemakkelijke plastic stoel voor een bureau. Hij had het warm en zijn koffie werd koud. Hij begreep dat hij het zichzelf aardig moeilijk had gemaakt.

'Graven, hoofdcommissaris van politie,' stelde Graven zich voor.

'Van Staveren, conciërge van de Prinses Margrietschool.'

De rechercheur stelde zich voor als Schenk, en de twee mannen namen plaats tegenover de conciërge. 'Meneer Van Staveren,' begon de commissaris, 'mijn collega heeft me verteld dat u gisteravond contact hebt gehad met de ontvoerder van de baby. Wilt u mij, zo precies als u zich kunt herinneren, vertellen wat er is gebeurd.'

Harry deed zijn verhaal. Graven stelde vragen en Harry antwoordde zoals een klein stout jongetje zijn juffrouw geantwoord zou hebben. Hij dacht dat nederigheid hem in dit geval het beste zou passen.

Wat een naar, kruiperig mannetje, dacht Graven.

Er werd geklopt en er kwam een agent binnen. 'Commissaris, de collega's kunnen de school niet in omdat hij afgesloten is.'

'Ik heb ze anders wel de sleutels en de code gegeven,' zei Harry, die de gelegenheid aangreep om te laten zien dat hij volop meewerkte.

'De collega's die de sleutels en de code hebben gekregen, mochten naar huis toen ze meneer hier hadden afgeleverd. Omdat er al een andere wagen naar de school was gegaan. Zonder sleutels.'

Graven moest grote moeite doen om zijn ergernis over zo veel onbenul te verbergen. 'Meneer Van Staveren, zou u nogmaals de sleutels en de code van het alarm aan mijn collega hier willen geven?'

'Dat zijn mijn eigen sleutels, die geef ik niet graag af,' pruttelde Harry voor de vorm.

Graven hield zich in. Hij had het mannetje gelezen op het moment dat hij hem zag en constateerde dat hij zich niet had vergist. 'Ik laat de sleutels onmiddellijk weer terugbrengen als mijn mensen in de school zijn. Ze zullen daar trouwens voorlopig nog blijven, dus u hebt de sleutels niet meteen nodig.'

'Maar ik wil eigenlijk ook weer naar mijn school, dus misschien is het beter als ik meteen met ze meega.'

'Dat zal niet gaan, vrees ik. We hebben nog een aantal vragen voor u en daarna moeten we uw verklaring nog op schrift stellen. Voordat dat klaar is zijn we al gauw twee uur verder,' zei Graven.

'Twee uur?'

'Kan ook wat korter zijn. Of langer. Dat valt niet precies te zeggen.'

'Maar dan is er al die tijd niemand van de school in de school.'

'Dat klopt. Maar er mág voorlopig ook niemand van de school in de school.'

'Gisteren was dat nog niet zo'n probleem anders.' Harry begon moed te putten uit het feit dat er niet werd gesproken over zijn achterhouden van informatie.

'De situatie is inmiddels veranderd door het telefoongesprek waar u ons pas zojuist van op de hoogte hebt gesteld. In die zin bent u er zelf verantwoordelijk voor, moet ik constateren,' zei Graven met enige nadruk.

Harry moest even slikken.

'De sleutels en de code graag. En een telefoonnummer waarop we de directrice van uw school kunnen bereiken.'

Harry slikte opnieuw en zakte nog verder in. Hij gaf de agent zijn sleutels en legde met een voor zijn doen klein stemmetje uit hoe een en ander werkte.

Er viel een ongemakkelijke stilte. Graven knikte naar de rechercheur. Deze vroeg plompverloren: 'Hebt u de ouders gebeld?'

Harry aarzelde. 'Ik moest wel. Van de ontvoerder. Ik

mocht niks tegen de politie zeggen en moest die ouders bellen.'

'En dus deed u braaf wat u was opgedragen?'

Harry kreeg een ingeving.

'Dat deed ik om het baby'tje niet in gevaar te brengen.'

Graven en de rechercheur wisselden een blik.

Even later zat Harry tegenover een dikke agente achter een computer, die met twee vingers zijn verklaring begon uit te typen. Het hele verhaal van de conciërge stond weliswaar al op tape, maar het kon geen kwaad om een tweede versie te hebben, had Graven geoordeeld, al was het maar om die conciërge te laten zweten. Hij had de agente geïnstrueerd uitgebreid de tijd te nemen en te zorgen dat alle vragen op de tape in andere bewoordingen aan bod kwamen. Harry begreep eerst niet waarom zijn typiste elke vijf minuten even weg moest, maar na de zesde onhandig geformuleerde vraag die hem bekend voorkwam, ging hem een lichtje op.

Graven zat intussen te wachten op de komst van hoofdofficier Stork en eerste burger mevrouw Schaarsberg Donk. Hij werd niet vrolijk van het vooruitzicht van hun gezelschap.

48

Tezelfdertijd – Flat van Hendrik

'Schiet eens op, Evert, het is al zes uur geweest.'

'Wacht effe, ik weet niet of die tas het wel houdt.' Evert trok, om de stevigheid van de Dirk-tas te testen, met één hand uit alle macht aan een hengsel terwijl hij met zijn andere hand de tas op zijn plaats hield. Het hengsel brak en Evert viel half achterover tegen de kapstok.

'Jeetje, wat doe je nou?' vroeg ik geschrokken.

'Ik test het hengsel van die rottas.'

'Waarom, hij heeft het de eerste keer toch ook gehouden? Bovendien, er hoeft geen paard in die tas, zo'n baby weegt maar een paar kilo, niet meer dan een paar pakken melk. Jij trekt eraan alsof je leven ervan afhangt.'

'Ja, en nou is-ie stuk. Heb je tiewraps?'

'Wat zijn tiewraps?'

'Laat maar. Heb je een stuk touw?'

'We moeten opschieten.'

'Ja, dat weet ik ook wel, maar ik kan die tas toch niet over straat slepen. Geef nou maar een stuk touw.'

'Ik heb geen touw.'

'Je hebt toch wel een stuk touw in huis.'

'Wat moet ik daarmee dan?'

'Nou, bijvoorbeeld een tas repareren.'

We stonden zenuwachtig en besluiteloos in het halletje van mijn flat. De voordeur stond al op een kier. We hadden al weg willen zijn. Evert keek zoekend om zich heen. Toen klaarde zijn gezicht op.

'Geef me je riem maar zolang.'

'Dan zakt mijn broek steeds af,' sputterde ik.

'Dan doe je daar toch zolang een touw om. Kom op nou, geef effe je riem, ik neem hem straks weer mee terug.'

Ik haalde de riem door alle lusjes van mijn voor mijn doen tamelijk kreukelige broek en gaf hem aan Evert. Die begon daarmee de boodschappentas provisorisch van een nieuw hengsel te voorzien door de riem vast te knopen aan de twee gebroken uiteinden. Na enig gepruts testte hij het resultaat, iets voorzichtiger dan de vorige keer, en besloot dat het ermee door kon. Voorzichtig legden we Christina in de tas. Ze keek ons met grote ogen aan, maar gaf geen kik.

'Oké, roep de lift maar.'

Ik sloop naar de hal, drukte op het knopje en hield met een schuin oog de deur van de flat naast de mijne in de gaten. Ik wiste het zweet van mijn voorhoofd met mijn zakdoek. Evert, die de tas met de baby droeg, had het zo te zien nog warmer dan ik. Een zo goed als doorwaakte nacht en de spanning van de laatste twaalf uur begonnen hun tol te eisen. We stapten in de lift en daalden af naar de begane grond. Daar drukte ik op de knop die de automatische deuren opende naar de hal met brievenbussen en bellen. Tegelijkertijd stapte ik achteruit om Evert met de tas ruim baan te geven. Daarbij kwam de ceintuur van mijn regenjas tussen het mechaniek van de openschuivende deur. Ik probeerde mezelf voorzichtig los te trekken, maar dat lukte niet. Evert was intussen door de schuifdeur de voorhal binnengestapt, zag mij worstelen met de jas en liep terug om mij te helpen. Op dat moment sloot de automatische schuifdeur zich weer. Evert stond er met de tas met baby half tussen en wilde, om te voorkomen dat de tas klem kwam te zitten, met zijn rug de deur tegenhouden. Die gaf onmiddellijk mee en Evert gleed onderuit, sloeg met zijn hoofd tegen de deurpost en probeerde intussen met zijn voet de tas met de baby op te vangen. Ondanks die reddingspoging landde de tas met inhoud toch onzacht op de tegels en Everts voet klapte dubbel.

'Au! ... Godverdomme, god... Sjezus...'

De baby begon te huilen.

Ik trok een scheur in mijn regenjas, maar was wel eindelijk los.

Mijn vriend probeerde op te staan, maar zakte weer door zijn voeten.

'Terug de lift in!' zei ik gejaagd.

Evert kroop op zijn knieën de lift in en schoof ondertussen de Dirk-tas met één hand voor zich uit. Uit de tas kwam nu een onbedaarlijk gehuil. De deur van de lift schoof dicht en met een schok ging het omhoog, terug naar de zevende etage. Daar had ik grote moeite om met mijn trillende handen het slot van mijn voordeur te openen. Eindelijk lukte het. Ik nam de tas van

Evert over, bracht die zo snel mogelijk naar de huiskamer, buiten gehoorsafstand, en haastte me terug om Evert te helpen. Die kroop op handen en voeten het halletje binnen en zakte asgrauw tegen de muur onder de kapstok. Ik trok de deur dicht, maar zag nog net dat de voordeur van de buurvrouw op een kier openging.

49

07.30 uur – Station

Wil keek onopvallend om zich heen voor hij het station binnenstapte. Daar was, voor zover hij wist, een nog werkende openbare telefoon. Een oplettende reiziger zou zeker gezien hebben dat daar iemand onopvallend om zich heen stond te kijken, maar niemand lette op.

Hij stak de telefoonkaart in het toestel. Toen haalde hij een papiertje uit zijn zak, vouwde het open, streek het glad en pakte een goedkoop leesbrilletje uit zijn binnenzak. Hij las het briefje nog een keer zachtjes hardop voor en toetste toen het nummer dat erop stond. De telefoon werd na één keer overgaan opgenomen. 'Met Verbeek.'

Wil zette een heel lage stem op.

'Luister goed, Verbeek. Dit is de ontvoerder van de baby weer. Ik wil morgenochtend honderdduizend euro in ongemerkte coupures van vijftig euro op een nader mee te delen plek... afgeleverd hebben. Het geld moet in een plastic Albert Heijn-tas zitten zonder microfoons of zendertjes of iets, anders gaat de baby eraan. En dus ook geen politie erbij halen. Je moet zelf de tas met geld afleveren. Ik bel nog hoe laat en waar. Nou, dag.' Met een klap legde Wil de hoorn erop. Uit gewoonte wilde hij op het knopje voor geld terug drukken, maar dat was er niet. Toen keek hij om zich heen of iemand hem had gehoord, constateerde dat er niemand in zijn buurt was en liep het station weer uit, de straat op. Onderweg keek hij nog twee keer om of hij niet werd gevolgd. Na een minuut of tien stapte hij licht hijgend de deur van zijn flat binnen. Hij moest even op adem komen voor hij aan de trappen kon beginnen. Twee jongetjes van een jaar of negen kwamen naar beneden gestormd.

'Hé, een beetje rustig. Het is hier geen speeltuin. Rennen doe je maar buiten.'

De jongetjes vertraagden hun pas en keken hem aan.

'Ja wat? Kijken? Kijk voor je! Opzouten.'

Ze glipten langs hem heen.

'Zout jezelf op!' riep er een vanaf de straat door de kier van de dichtdraaiende deur.

'Rot op naar je eigen land.' Wil zat niet gauw om een subtiel antwoord verlegen.

50

07.40 uur – Huis van de ouders van de baby

Maartje Verbeek zat op de bank. Ze wreef met een verfrommelde papieren zakdoek in haar rode ogen en huilde geluidloos. Af en toe een klein snikje. Haar mond trilde. Op haar wang zat een horizontaal streepje opgedroogd snot waar de tranen overheen liepen. Op de salontafel voor haar stond een duralex glas met thee. Daarnaast, op een schoteltje, lag een biscuitje. Beide onaangeroerd.

Johan Verbeek zat naast haar en sloeg af en toe een hulpeloze arm om haar schouder. Intussen luisterde hij naar een telefoongesprek dat een politieman voerde.

'Oké, ja, dat heb ik al gezegd. Maar verder, moet ik hier nog iets doen? ... Wanneer? ... Dat zal ik zeggen ... Ja ... Ik bel zodra die er is ... Ja, tot straks.' De agent verbrak de verbinding. 'Meneer Verbeek, ik heb zojuist de verzekering gekregen dat het geld er om negen uur morgenochtend is, mét Albert Heijn-tas. Daar hoeft u zich geen zorgen over te maken. U moet daar nog wel een formulier voor tekenen. Verder komen er straks twee mensen van de recherche en een psycholoog, voor de eerste voorbereidingen voor morgen. Is dat wat u betreft goed?'

Verbeek knikte. 'Misschien moet de huisarts ook nog een keer naar mijn vrouw komen kijken.' Hij keek naast zich op de bank, sloeg weer even zijn arm om haar heen en zei zachtjes tegen haar dat alles goed zou komen. Ze knikte werktuiglijk.

'Ik zal de dokter bellen,' zei de agent en hij gaf fluisterend opdracht aan zijn vrouwelijke collega om de dokter te bellen. Hij gaf haar het nummer.

'Is er nog niet naar de school gebeld door die andere man?' vroeg Maartje Verbeek ineens.

'Nee, mevrouw, helaas nog niet. Maar we houden het in de gaten. Zodra er iemand belt hoort u het. De collega's zitten daar permanent bij de telefoon.'

'Maar eerst niet,' zei Maartje langzaam. Niet eens als verwijt, meer als een treurige constatering.

De agent wist niets beters te doen dan te knikken.

De minuten kropen voorbij. Elk kwartier klonk er een klok bij de buren. Een paar keer vroeg een van de agenten of meneer of mevrouw misschien thee of koffie wilde. Dat wilden ze niet. Na een uur kwamen de jongens van de technische dienst. Ze kozen de jas uit die Johan Verbeek aan moest trekken als hij het geld ging overhandigen. Ze haalden voorzichtig de voering open, verborgen er een microfoontje en een zendertje in, en naaiden de voering weer netjes dicht.

'Maar die man heeft gezegd: geen microfoontjes of zendertjes,' zei de vader zonder veel overtuiging.

'Niet in de tas met geld,' zei de technicus die de leiding leek te hebben. 'Die zal de dader vrijwel zeker controleren, dus daar doen we niks mee, want we nemen natuurlijk geen enkel risico. Maar die man zal u niet gaan fouilleren, hij heeft tenslotte haast, dus u krijgt een microfoontje en een zendertje in de voering van deze jas. U hoeft niets te doen, behalve uw jas aan te houden natuurlijk, maar dat is met dit weer nogal logisch.'

'Zie je er niks van?'

'Nee, dat is niet te zien.'

51

08.00 uur – Stadhuis

Schaarsberg Donk kwam als laatste haar eigen werkkamer binnen.

Ze ziet eruit alsof ze al een uur bij de schoonheidsspecialist heeft gezeten, dacht Stork, die zelf de vouwen nog in zijn gezicht had staan. Hij had maar een paar uur geslapen en was om kwart voor acht door zijn vrouw gewekt met de vraag of hij niet naar zijn werk moest. Vijf minuten later had hij buiten gestaan, weer zeven minuten later parkeerde hij zijn auto voor het stadhuis en liep, tegelijk met Graven, de kamer van de burgemeester binnen. Hij keek rond: designbureau, designstoelen, designkasten, designprullenmand. Aan de muur een echte Corneille. Jammer van dat portret van Beatrix ernaast.

Graven was aan de vergadertafel gaan zitten. Op de stoel van de burgemeester. Zijn gezicht stond strak en moe. Ook hij had nauwelijks geslapen.

'Je zit op mijn stoel, Wiebe. Maar laat maar, blijf maar zitten. Je ziet eruit alsof je geen oog hebt dichtgedaan.'

'Dat heb ik ook niet. Half drie naar huis gegaan en vanmorgen om zes uur was ik weer op het bureau, omdat de conciërge van die school heeft opgebiecht dat hij gisteravond al een telefoontje van, laten we zeggen, ontvoerder A had gekregen, en dat hij daarna zelf de ouders had gebeld om de boodschap door te geven. Diezelfde ontvoerder A heeft waarschijnlijk vanmorgen tevergeefs geprobeerd de school te bellen. Tussen haakjes, het gaat dus om de ontvoerder die zegt dat het allemaal een vergissing is. De andere ontvoerder heeft een half uurtje geleden naar de ouders van de baby gebeld en om honderdduizend euro gevraagd, in een Albert Heijn-tas, morgenochtend af te leveren op een nader aan te geven plaats.'

'Een Albert Heijn-tas?' zei Stork. 'Zou Ferdi E. er soms weer achter zitten?' En hij vervolgde: 'Over ontwikkelingen hebben we niet te klagen zo op de vroege morgen.'

'En over jouw gevatheid op de vroege morgen ook niet,' bitste de burgemeester. 'Wat had die conciërge voor reden om die informatie achter te houden?'

'Hij zei dat hem dat was opgedragen door de man aan de telefoon. Maar het is een huichelachtig mannetje. Ik heb het niet zo op die conciërge, al lijkt het me sterk dat hij er iets mee te maken heeft. Hij dacht ermee weg te komen door vanmorgen om half zes al naar de school te komen, maar toen had ontvoerder A dus waarschijnlijk al gebeld. Er was een onbeantwoorde oproep.'

'Maar wat had hij ermee willen bereiken?' vroeg Stork zich hardop af.

'Misschien niks,' zei Graven, 'maar het is er zo een

die onmiddellijk aan een beloning denkt. Iets van medeleven heb ik niet kunnen ontdekken. Totdat ik het hem in de mond legde, toen droop het ervan af en vond hij het ineens "ver-schrik-ke-lijk voor de ouders".'

'Wat denk je, Wiebe, welke van de twee ontvoerders is de echte?' vroeg Schaarsberg Donk.

'Ik denk...' de commissaris aarzelde, '... ik denk toch dat die oude man in de school die baby in een vlaag van verstandsverbijstering heeft meegenomen en nu problemen heeft om het kind ongezien weer bij vader en moeder terug te krijgen. Dat lijkt mij het meest logische, voor zover je van logisch kunt spreken.'

'Verstandige taal, Wiebe,' zei Mathieu Stork.

'Nou, eerlijk gezegd zei jij dat gisteravond al,' vervolgde de commissaris, 'maar ik breek mijn kop over die andere ontvoerder. Die moet er toch ook iets mee te maken hebben. Er is misschien toch ergens een verband tussen die twee.'

'En wat ga je nu doen?' vroeg Stork.

'Een Albert Heijn-tas met honderdduizend euro klaarzetten. Veel meer kan ik niet doen. Dat is in overleg met de vader besloten. Er is al een bank gevonden die het gaat regelen, en iemand die garant staat voor het geld. Vóór morgen negen uur is die tas er. De vader zal een regenjas dragen met een microfoontje, dat kan geen kwaad, maar verder nemen we geen risico en blijven we ver uit de buurt. Ik ben nog bezig om hier en daar een oud vrouwtje te regelen om die als het lukt in de buurt te krijgen van de plaats waar het losgeld overhandigd moet worden. Maar het zou me ook niet verbazen als de baby voor die tijd al weer terecht is.'

‘Dat wordt dan een makkie als ontvoerder B dan alsnog belt om de plek door te geven,’ zei Stork.

‘Moeten we wel die vader zo gek krijgen om nog mee te werken.’

‘Dat kan toch ook met een stand-in agent?’ zei Schaarsberg Donk.

‘Ja, ik kan moeilijk de vader van het nu nog ontvoerde kind vragen om zich er vast op voor te bereiden om als lokvogel te fungeren voor een nepontvoerder, in het geval dat zijn kindje intussen veilig terug is.’ Graven zuchtte er eens diep bij. Vervolgens deed hij verslag van de opsporingsactiviteiten, die inmiddels weer op gang waren gekomen. Stork dommelde een beetje weg en Schaarsberg Donk vroeg zich af hoe ze zo positief mogelijk over kon komen op de persconferentie die om tien uur gepland stond. Van alles wat er was gezegd, was geen woord geschikt om aan journalisten mee te delen, ‘in het belang van het lopende onderzoek’. Hoe kon ze dan toch uitstralen dat ze de zaak onder controle had?

52

08.15 uur – Stadsreiniging

Wil stond ingespannen het rooster voor die dag te bestuderen. Om half negen moest hij beginnen. Wagen 23, met zijn vaste maatje Rinus Schepper, een van de weinigen die het met hem kon uithouden, misschien omdat Rinus een nog dikker bord voor zijn kop had. Hij moest route B rijden.

'Godverdomme,' vloekte Wil zachtjes.

'Ook goeiemorgen,' zei een collega die hetzelfde bord stond te bestuderen.

'Ik heb het niet tegen jou, zeiksnor.'

'O, neemt u mij niet van de kwalijke, meneer is al vroeg aangebrand vandaag.'

Wil reageerde niet meer. Hij zocht koortsachtig naar een oplossing voor het feit dat hij vandaag een andere route moest rijden dan morgen. Nu kon hij geen geschikte afvalbak uitzoeken waar de vader van de baby de volgende ochtend de tas met geld in moest stoppen. Er zat niks anders op dan in de pauze met zijn eigen auto nog een rondje te rijden, een bak uit te zoeken en te bedenken hoe laat het geld erin gestopt moest worden. Morgen moest hij dan, als hij de bak met het geld had geleegd, meteen terugrijden naar de garage, de tas met geld uit het vuilnis vissen en in het al lang niet meer gebruikte kluisje van zijn collega Deelder doen, en een andere Albert Heijn-tas... Hij schrok van een klap op zijn rug.

'Wat sta je nou naar dat bord te staren, Staaf,' zei Rinus, die achter hem was komen staan. 'Je gaat me toch niet vertellen dat je het uit je kop staat te leren, hè. Normaal interesseert het je geen bal.'

'Rot op, Schepper. Ik kijk alleen hoe laat ik in de buurt van de snackbar kan zijn vandaag. Ik ben mijn brood vergeten.'

'Je brood vergeten? Je hebt nooit brood bij je, man,' zei Rinus. 'Je eet haast elke dag patat.'

'Ja, dat vind ik lekker. Heb je er wat op tegen soms?'

'Je eet maar lekker wat je wilt, jochie. Zal mij een worst wezen. Of een frikandel.' En schaterend om zijn eigen grap liep hij door naar de koffieautomaat. Wil keek nog een keer naar het routebord en liep toen in gedachten verzonken naar vuilniswagentje nummer 23, waar opgeveegd zwerfvuil in ging én de inhoud van alle publieke afvalbakken die onderweg geleegd moesten worden. Hij zou morgenochtend bij terugkomst Rinus even koffie laten halen, ongemerkt de tas met geld tussen het afval vandaan vissen en er een andere voor in de plaats leggen, en het geld daarna opbergen in het kluisje van Deelder. Deelder gebruikte zijn kluisje nooit omdat hij het sleuteltje kwijt was. Dat had Wil gevonden en zolang voor hem 'bewaard'. Voor je weet maar nooit.

Zodra hij het geld eruit had gevist en opgeborgen, zou hij met de vuilniswagen naar de stort rijden en zijn vracht daar dumpen. Het was gunstig dat je via de voorkant het gebouw in reed en via de achterkant eruit.

Later, als de kust veilig was, kon hij de zak met geld ongemerkt meenemen en in de garage van zijn schoonvader verstoppen. Die kwam er nooit meer sinds hij een beroerte had gehad en de garagedeur niet meer openkreeg. Zo zie je maar weer waar een beroerte goed voor kan zijn, dacht hij. Handschoenen! schoot het door hem heen, hij moest handschoenen hebben, zodat hij geen vingerafdrukken zou achterlaten op de tas en het kluisje.

Wil vond zijn eigen plan geniaal.

53

09.15 uur – Flat van Hendrik

Evert lag op de bank met zijn been omhoog. Hij had twee aspirientjes genomen, maar verrekte nog van de pijn.

'Misschien moet je er nog maar twee nemen, Evert.' Ik keek naar het kippenei dat zich op de enkel van mijn vriend had gevormd. Evert zelf keek bleekjes mee. Het zag er niet goed uit, en dat zei ik ook. 'Je moet ermee naar een dokter, ben ik bang.'

'Ja, dat kan nu dus niet. Jezus nog aan toe, had ik die stomme baby maar nooit meegenomen.'

'Tieren en vloeken, daar komen we niet heel veel verder mee, en wat moet Christina wel niet denken van je taalgebruik?' Het was nauwelijks een grapje. 'We moeten er op de een of andere manier toch uit kunnen komen.'

'Ik zie het niet meer zitten. Ik heb misschien m'n poot gebroken. Ik kan met geen mogelijkheid een baby naar een park brengen. Ik schei ermee uit. Bel de politie maar en die ouders.'

'Hoe lang denk je dat je de gevangenis in gaat?'

'Ik heb geen idee.'

'Een half jaar? Twee jaar? Vijf jaar?'

'Ik zou het echt niet weten.'

'Ik ook niet, maar het is in ieder geval de moeite waard om nog eens even goed na te denken voordat we de politie voor laten rijden. Misschien hoef je maar heel kort de gevangenis in, maar je kunt je daarna nergens meer vertonen zonder dat er overal om je heen wordt gefluisterd: "Dat is de ontvoerder van die baby."'

Het was een tijdje stil. Christina besloot dat ze genoeg had gedronken en ontdeed zich van de speen. Ik stond op, hield de baby rechtop tegen me aan, hoofdje op mijn schouder, en klopte als een geroutineerde vader op het ruggetje. Christina beloonde me met een boer en een golfje melk.

'Ik hou, zolang ze er is, maar hetzelfde pak aan. Misschien ga ik een beetje zuur ruiken, maar anders moet mijn hele garderobe straks naar de stomerij.'

Stilte.

We zwegen tot ik de baby teruglegde in de kinderwagen en zei: 'Ik ga die school weer bellen, zodat ze de ouders gerust kunnen stellen. Ik ben met een kwartiertje terug.'

Evert knikte. 'Ik ga nergens heen.'

Een flard van een glimlach trok over Everts gezicht. Hij hoorde de deur open- en dichtgaan. Toen was het stil. Hij hees zich een beetje overeind en keek opzij in de kinderwagen. Daar lag Christina volmaakt tevreden rond te kijken. Evert glimlachte en maakte dezelfde geluidjes die iedereen maakt die zich over een kinderwagen buigt. ‘Ta, ta, izze dan een grote meid, ja, kie kie.’ Zijn stem een octaaf hoger dan normaal, ook iets wat bij gesprekken met baby’s hoort. ‘Aan jou ligt het niet, poepie. Jij bent een heerlijke allemansvriend. En opa Hendrik laat zo aan je mama weten dat ze zich niet al te ongerust moet maken. Dat alles goed komt. Eventueel moet opa Evert dan maar een tijdje de bak in.’

Het idee trok hem niet echt. Het was toch bezopen, dacht hij, dat het makkelijker was om een baby ongezien mee te nemen dan haar ongezien terug te geven. Dat moest toch op de een of andere manier wel te doen zijn. Kenden ze nou niemand die ze om hulp konden vragen? De enige op wie hij blind kon rekenen was Hendrik, maar die was in het onderhavige geval al aardig meegetrokken, de puree in. Hij schrok op van de bel. Het was dertig seconden stil. Toen werd er opnieuw gebeld. Evert hield zijn adem in, alsof iemand hem anders zou kunnen horen. Een lange minuut later meende hij de deur van het appartement ernaast te horen dichtslaan. Zeker weten deed hij het niet. Hij kroop heel voorzichtig naar de voordeur en luisterde. Hij schrok opnieuw, nu veel erger, toen er dertig centimeter van zijn oor hard werd geklopt.

‘Buurman? Buurman? Bent u thuis? Ik hoorde u wel, hoor. Is er iets?’

Hij hield zich doodstil en bad dat de baby niet zou gaan huilen. Kort daarna hoorde hij nu duidelijk een deur open- en dichtgaan. Hij ademde uit. Zijn hart bonkte. ‘Bemoeizuchtig takkewijf.’ Zijn woede gaf hem een beetje nieuwe kracht. ‘Dat mens gaat mij toch écht niet de bak in krijgen.’

Hij schoof op zijn kont terug naar de kinderwagen en wachtte. Tien minuten later hoorde hij de deur van de lift openschuiven en een fractie van een seconde later ook de deur van de naastgelegen flat opengaan.

‘Buurman, goedemorgen. Ik dacht eigenlijk dat u thuis was, maar u was blijkbaar uit. Zo vroeg al. Ik meende dat ik net één persoon weg had horen gaan en dacht dat dat wel uw vriend zou zijn.’

‘Nee, dat was ik. Ook goedemorgen trouwens.’

‘Maar waarom heeft-ie dan niet opengedaan?’

‘Wie?’

‘Uw vriend. Ik heb net drie keer aangebeld.’

‘Drie keer aangebeld?’

‘Ja, ik wilde een ei lenen.’

‘Die zijn op. Net de laatste twee gekookt vanochtend.’

‘Dus hij is er nog wel, uw vriend.’

‘Ja, dat denk ik wel.’

‘Maar waarom heeft-ie dan niet opengedaan?’

‘Misschien, eh... stond hij onder de douche.’

‘Nou, ik hoorde anders geen water stromen. En ik hoor het altijd als u onder de douche staat.’

‘Ik denk... Hij is ook stokdoof. Hij zal zijn gehoorapparaat nog wel niet in hebben. Dan hoort-ie niks. Als u me wilt excuseren, ik ga... nu eerst maar eens een kopje koffie voor hem zetten. Een prettige dag nog. En sorry van dat ei.’

‘Maar, meneer Groen, wat was dat nou toch allemaal voor een lawaai vanochtend hier op de gang?’

‘Ik zou het niet weten. Geen idee. Excuseert u me nu alstublieft?’

Evert zag Hendrik door een kier van de deur zijn eigen huis binnenglippen. De buurvrouw deed snel een stapje naar voren, maar Hendrik was sneller en trok de deur dicht.

Evert was geen geoefend liplezer, maar hij kon toch zien dat zijn keurige vriend zonder geluid te maken voor zijn doen lelijk stond te vloeken. Evert legde zijn wijsvinger op zijn grijnzende lippen. Hendrik trok zijn jas uit, hing hem aan de kapstok, ging de huiskamer binnen en deed iets te hard de kamerdeur dicht.

54

09.50 uur – Flat van de buurvrouw

'Toch klopt het niet. Er is iets raars. Hij doet raar. Er is iets in dat huis. Het klopt gewoon niet.'

Gerda van Duivenbode praatte al jaren tegen zichzelf, voornamelijk omdat niemand anders dat nog deed. De enige mensen die ze nog sprak waren de bakker, het meisje achter de kassa van de C1000 en haar buurman. Al kwamen de bakker en de caissière niet verder dan 'anders nog iets?' en 'wilt u zegels?' en konden ze er met moeite nog een 'prettige dag' uit persen.

'Heeft geen ei, heeft geen ei... Nou, wel erg toevallig dat precies nu ál zijn eieren op zijn! Er klopt iets niet.'

Eigenlijk was meneer Groen de enige met wie ze een normaal gesprek kon voeren, al weigerde hij wel altijd een kopje thee te komen drinken.

Ze deed één schepje koffie in het filter en wachtte tot het water kookte. Intussen at ze vier koekjes en pijnigde ze haar hersenen om een manier te bedenken om de flat van haar buurman binnen te komen.

'Ik móét het gewoon weten. Hij gedraagt zich niet

normaal.' Ze nam nog een koekje en schonk water op. 'Het zal toch niet iets crimineels zijn?' Ze deed drie zoetjes in haar kopje. 'Ik kan me niet voorstellen dat meneer Groen zoiets zou doen. Maar die andere vent, dat is een rare. Die vertrouw ik niet.' Ze schonk nog een keer op. Nu had ze genoeg voor twee slappe kopjes.

'Gisteravond heb ik de politie al gebeld. Zou ik ze niet eigenlijk nog een keer moeten bellen?'

Ze deed brokjes in het bakje van de kat en riep zijn naam. Maar de dikke zwart-witte poes op de vensterbank luisterde niet.

55

10.30 uur – Huis van de ouders van de baby

Johan Verbeek staarde naar de grote regendruppels die langs het raam naar beneden sijpelden. Hij keek, maar hij zag niets. Hij draaide zich om naar zijn vrouw. Die zat onbeweeglijk op de bank.

'Heb je gehoord wat ik je net heb verteld, Maartje?'

Ze knikte. 'Die aardige man heeft weer naar de school gebeld. Dat kan geen grap zijn. Dat doet niemand. Vanmiddag of morgen komt Sabine terug. Ik weet het zeker.'

'Ja, maar die andere man dan, van dat losgeld?'

'De politie denkt dat dat bluf is. Dat die andere man Sabine niet heeft. Anders zou die aardige niet al drie keer hebben gebeld. Het zat erg tegen met het terugbrengen, zei hij. Hij zei ook dat het hem erg speet en dat Sabine heel goed at en nog niet had gehuild.'

'Dat klopt, mevrouw Verbeek,' mengde de vrouwelijke agent zich in het gesprek.

'Wat klopt?'

'Dat we de kans groot achten dat de laatste beller Sabine gaat terugbrengen.'

'O, ik dacht van dat huilen. Dat kan verder toch niemand weten? Dus dan moet die het wel zijn.'

'Moet ik morgen wel dat losgeld brengen als mijn dochter nog niet terug is?'

'Ja, dat in ieder geval,' zei de agent die de leiding leek te hebben.

'En als Sabine al terug is?'

'Dan overleggen we verder.'

'Met wie?'

'Met de korpsleiding. En met u natuurlijk.'

'O.'

56

11.00 uur – Prinses Margrietschool

Directrice Hetty Schutter had haar kantoor met frisse tegenzin afgestaan aan het 'opvangteam' dat die morgen was geformeerd door het bestuur van de koepelorganisatie waar de school onder viel, en dat bestond uit de voorzitter van dat bestuur, Eelco de Visser, de maatschappelijk werkster die aan de school verbonden was, een politiepsycholoog en een mevrouw die veel wist van trauma's bij kinderen. Zo had ze zich voorgesteld: 'Mevrouw Schouwenaar, kindertraumadeskundige.'

Het kwartet zat rond het bureau van de directrice, die er zelf bij moest blijven staan omdat er maar vier stoelen waren. De Visser, die geen overdreven last had van bescheidenheid, was op haar stoel gaan zitten en deed daar zijn best daadkracht uit te stralen. Het was hem alleen niet duidelijk welke daden daar op dat moment het meest geschikt voor waren. Hij had die ochtend eerst persoonlijk bij de deur gestaan om alle kinderen naar huis te sturen, tot een juf hem erop attendeerde dat sommige kinderen daardoor thuis voor een gesloten deur kwamen te staan. De bestuurder besloot daarop dat zijn aanwezigheid binnen dringend gewenst was. Bij de rest van de kinderen werd eerst geïnformeerd of er iemand thuis was en als dat niet het geval was, werden ze doorgestuurd naar de nabijgelegen crèche.

Voor het opvangteam op oorlogssterkte viel er zodoende niets op te vangen. De traumadeskundige ging het plan uitwerken om alle kinderen na de kerstvakantie een tekening over de gebeurtenissen te laten maken. De maatschappelijk werkster en Hetty beantwoordden de twee telefoons, die onophoudelijk gingen, met de mededeling dat er geen mededelingen gedaan konden worden en dat de school gesloten was. Beide telefoons werden afgetapt en mocht de ontvoerder, welke dan ook, opnieuw bellen, dan was de politiepsycholoog paraat. Er was niemand die zich afvroeg wat de man dan zou moeten doen.

Een aantal leerkrachten vroeg schuchter of ze misschien naar huis mochten. Daarvoor kregen ze toestemming, al was het niet van harte.

De Visser vroeg om koffie. Hetty tikte tegen het raam en wenkte Harry binnen. Zodra ze van een rechercheur had gehoord dat Harry na zijn verklaring was 'heengezonden' door de politie, had ze hem thuis gebeld en hem onmiddellijk weer naar school gecommandeerd. Harry had twee uur geslapen en zag er beroerd uit. Hij was bleek en misselijk van vermoeidheid en spanning, maar mocht van Hetty onder geen beding naar huis. Nu had ze tenminste nog íémand over wie ze de baas kon spelen.

'Wil je nog even koffie brengen, Harry? En een stoel. Of wil er iemand thee?' De maatschappelijk werkster vroeg om groene thee. Die was er niet, want Harry was niet van de moderne theetjes.

De Visser, de bestuurder, zag zijn kans schoon om daadkracht te tonen door op gebiedende toon te eisen dat de conciërge nog een keer zijn hele verhaal zou vertellen.

Harry slikte. 'Zal ik niet eerst koffie halen?'

'Dat kan nog wel even wachten.'

'Hebben ze u niet gezegd dat u in het belang van het onderzoek geen mededelingen mag doen?' schoot de politiepsycholoog hem onverwachts te hulp.

Harry greep opgelucht de reddingsboei. 'Ja, natuurlijk, dat wilde ik net zeggen.'

De Visser verstrakte. Hij aarzelde of hij het zou opnemen tegen de man van de politie en concludeerde blijkbaar dat dat niets zou opleveren, want hij hield verder zijn mond.

Zwijgend bracht Harry koffie en thee. Behalve dat de telefoon regelmatig ging, gebeurde er niets.

Buiten stond de verzamelde pers te blauwbekken. De diverse zenders plaatsten hun beste rampverslaggevers voor de camera, met op de achtergrond de school, om te verklaren dat er geen nieuws was. Ze namen shots van de speelplaats, interviewden een verdwaalde ouder en schakelden terug naar de studio in Hilversum.

Harry werd eropuit gestuurd om broodjes te halen. De camera's draaiden toen hij het schoolplein overstak. Met gebogen hoofd wimpelde hij alle vragen af. Zó dicht bij beroemdheid en dan niets mogen zeggen. Hij vloekte binnensmonds. Na twintig minuten was hij weer terug. Een journalist wilde weten wat er op de broodjes zat.

57

11.15 uur – Flat van Hendrik

Het was een aandoenlijk huiselijk tafereeltje. Evert zat op de bank, met zijn been omhoog op de poef. Op zijn schoot had hij de baby. Ik stond in de keuken haar flesje klaar te maken. Over mijn bril heen controleerde ik of ik de goede hoeveelheden had genomen. Het klopte. Goed schudden. Beetje melk op de binnenkant van mijn pols om de temperatuur te controleren en daarna bracht ik de fles naar Evert. Zelf ging ik in mijn oude leren leunstoel zitten en keek toe.

Ik hoorde de sleutel in het slot van de voordeur, maar het drong niet meteen tot me door.

'Meneer Groen, de thuiszorg is er.'

De kamerdeur ging open en in de deuropening stond Jennifer, mijn hulp in de huishouding, een vrolijke, gezette Surinaamse vrouw van een jaar of vijftig. Helemaal vergeten dat het vandaag haar vaste dag was. Haar wenkbrauwen gingen verbaasd omhoog. Daarna fronsend naar beneden. Haar mond ging een stukje open.

'Wat is dit nu?'

Evert keek een beetje sullig van de vrouw naar de baby en terug.

'Wat is hier aan de hand?'

'Ja, eh... dat is een beetje een lang verhaal.'

'Nou, dan ga ik er toch even bij zitten.' Ze ging naast Evert op de bank zitten, draaide zich naar de baby en begon die in vrolijk Surinaams toe te spreken. De kleine Christina sabbelde onverdroten verder aan haar fles en keek intussen met een schuin oog naar de nieuwkomer. Die wendde zich van de baby naar Evert. 'Ik ben Jennifer van de thuiszorg, zeg maar Jenny.'

'Ik ben Evert,' bromde Evert.

'En u bent onverwacht vader geworden. Gefeliciteerd,' zei ze met een glinsterende lach.

'Nou nee, zo zit het niet,' zei ik. 'Dit namelijk is mijn vriend en hij is de opa van deze...'

'Hendrik, vertel nou maar gewoon hoe het echt zit,' zei Evert, 'het maakt toch allemaal geen bal meer uit.'

58

11.20 uur – Politiebureau

'Ontvoering kerstbaby' stond er op de dossiermappen. De hoeveelheid papier was na minder dan een dag al indrukwekkend. Er waren twee secretaresses aan het team toegevoegd, want met de typ- en computervaardigheid van de gemiddelde agent was het slecht gesteld. Een aangifte van een gestolen fiets duurde bij de meeste agenten al gauw een half uur. 'Hebt u toestemming gegeven om voornoemd rijwiel weg te nemen?' Zulke intelligente vragen moeten agenten stellen. Honderden kostbare uren zitten er in het correct administreren van kleine criminaliteit. Het zou te duur worden om er daarna ook nog eens daadwerkelijk iets aan te gaan doen. Wel had de politie bij de markt een bord in beslag genomen waarop de marktkooplui hadden geschreven: 'Bij diefstal bellen we eerst de ambulanse en pas dan de politie!!'

Er werd veel gelopen op het bureau. Agenten en rechercheurs liepen in en uit met mappen. Onafgebroken werd er getelefoneerd.

In de kamer van de commissaris zaten drie mannen. Hoofdcommissaris Graven zelf, chef recherche Vink en hoofdofficier van justitie Stork. 'De Zware Jongens' noemde de koffiejuffrouw ze.

Graven deed de deur achter zich dicht en nam het woord.

'Vink, wat hebben we tot nu toe?'

Vink schraapte zijn keel. 'Niet overdreven veel. Een jas, vermoedelijk van de dader, en een kapotte fiets, vermoedelijk ook van de dader. Verder een vaag signalement: man, rond de zeventig jaar, één meter vijfenzeventig lang, normaal postuur, kalend. Buurtonderzoek heeft niets opgeleverd. Motief: geen idee. Misschien alleen maar in de war. Inmiddels drie telefoontjes dat het kindje zo spoedig mogelijk weer wordt terugbezorgd. Die beller is een middelbare man, keurige spraak, geen accent. En twee telefoontjes waarin losgeld wordt geëist, vermoedelijk van een man van tussen de vijftig en zestig, plat Amsterdams accent, niet al te ontwikkeld. Telefoontjes vanuit verschillende telefooncellen. We zijn aan het traceren waarvandaan er is gebeld.' Vink pauzeerde even en keek het gezelschap rond. 'En bijna dertig telefonische tips over verdachte oudere mannen. Van een oude meneer die babyschoentjes kocht, via een man die een kinderwagen aanbiedt op Marktplaats, tot een vrouw die opeens geen ei mocht komen lenen bij haar bejaarde buurman. We trekken alle enigszins serieuze meldingen na, maar het zou me verbazen als we hiermee verder kwamen. En dat is alles wat we nu hebben.'

'Dat is inderdaad niet veel,' beaamde Graven. 'En die bewakingscamera's?'

'We hebben twee seconden vaag beeld,' zei Vink, 'op een camera van de Schoenenreus.'

'Wat deed hij daar in godsnaam?' vroeg Graven.

'Hij heeft geen schoenen gekocht. Hij liep alleen maar langs de etalage.'

'O. En wat is er te zien?'

'Bijna niks. Een oudere man in een regenjas loopt voorbij met een kinderwagen. Alles vaag.'

'Welke kant ging hij op?' mengde Stork zich in het gesprek.

'Hij liep in de Rembrandtstraat, richting Jan Steenstraat.'

'Sorry, maar wijs die straten eens precies aan op de kaart?' vroeg Stork.

Graven rommelde wat met een computer en zowaar, tot zijn eigen verbazing werd er een kaart op een scherm geprojecteerd. 'Dit is de eerste keer dat me dat lukt,' verzuchtte hij opgelucht, 'het hoogtepunt van de week, tot nu toe.'

Vink deed of hij doof was en Stork keek de andere kant op.

Het was even stil. Graven hoestte een onecht hoestje. 'Sorry.'

Vink wees Stork op de kaart de school aan, en de Schoenenreus die er een meter of zevenhonderd vandaan lag. 'De tijden kloppen. Hij liep om 16.34 uur langs. Cameratijd. Richting oost.'

'Hoe lang is het lopen van de school naar die winkel?' vroeg Stork.

'In rustig wandeltempo ongeveer zes minuten. Als we ervan uitgaan dat onze ontvoerder geen omtrekkende beweging maakte én niet uren heeft gewandeld in de regen én niet in een auto is gestapt én niet al te ver van het fietstunneltje woont waar het kindje neergelegd zou worden, dan is er een redelijke kans dat man en kind zich in de schildersbuurt bevinden,' zei Graven bedachtzaam.

'Denk ik ook.'

'Zijn er tips uit die buurt?' vroeg Stork.

'Ik heb de lijst nog niet bekeken, daar zijn ze nog mee bezig,' zei Vink.

'Zijn er nog andere aanknopingspunten? De ouders van het ontvoerde kind misschien?' probeerde Graven.

'Buitengewoon gewone mensen. Onberispelijk saai. Veel te braaf voor vijanden. Geen geld, althans niet veel. Ik eet mijn hoed op als het niet volkomen toeval is dat die ontvoerder nou juist hun kind heeft meegenomen.'

'Je hebt geen hoed, Vink,' zei Stork.

'Thuis heb ik een hoed.'

'Als jullie klaar zijn met de hoofddeksels, wat denken jullie er dan verder van?' vroeg Graven.

'Het is een rare zaak,' antwoordde Vink en hij keek moeilijk. 'Ik denk dat het alle kanten op kan.'

'Bedankt, daar kan ik wat mee.'

'Ik blijf erbij,' zei Stork, 'dat we niets moeten doen. Niemand belt drie keer om te zeggen dat hij een baby die hij niet heeft gaat terugbrengen. Als wij er nu vijftig man op gaan zetten is dat A: zonde van het geld en de energie, en B: kan het zijn dat die oude man in paniek raakt en rare dingen gaat doen. Dus rustig afwachten tot die baby wordt teruggebracht, en daarna die nepontvoerder oppikken als hij het losgeld aanneemt.'

‘Onze mevrouw de burgemeester was niet blij met dit plan van aanpak, dat weet je, hè, Mathieu. Ik hoor het haar al zeggen tegen de verzamelde pers: “Dames en heren, we doen voorlopig helemaal niets en kijken eerst even rustig de kat uit de boom.”’ Graven zuchtte en voelde weer een knallende hoofdpijn opkomen. Het ontbijt had uit koffie met paracetamol bestaan en de pillen waren zo langzamerhand uitgewerkt.

‘Evengoed bedankt, heren, en hou me op de hoogte. Ik ga nu naar de burgemeester en het lijkt me beter dat jij even niet met me meegaat, Mathieu. Laten we zeggen dat er enig verschil van inzicht is waardoor de sfeer er niet beter op wordt. Ik zie je weer vlak voor de persconferentie.’

Graven zuchtte nog maar eens toen hij zijn eigen kamer uit liep, op weg naar burgemeester Schaarsberg Donk.

Mathieu Stork keek hem na.

‘Wie heeft die lijst met tips, Vink?’ vroeg hij.

‘Daar is Braspenning nog mee bezig. Ga maar even bij hem langs. Hij zit op de derde.’

59

11.30 uur – Flat van Hendrik

Jenny van de thuiszorg was geen bedachtzame vrouw. Ze had in haar hele leven zelden langer dan een paar minuten over iets nagedacht. Dat was geen opzet, dat ging min of meer vanzelf. Al was ze wel van mening dat veel nadenken het er vaak niet beter op maakte, in ieder geval niet bij haarzelf.

Ze had het verhaal van Evert met verbazing aangehoord en hem alleen een paar keer onderbroken met een schaterende lach, en had toen gezegd: 'En daar zitten we dan, mannen. Nou, ik heb bewondering voor jullie, hoor, grote bewondering.' Haar Surinaamse accent maakte de 'bewondering' nog mooier. 'Behalve dat het natuurlijk wel heel erg stom is om een baby mee te nemen, hebben jullie het daarna wel keurig gedaan, ik kan niet anders zeggen. Alleen een beetje pech met dat been, hè.' Ik knikte en Evert bromde iets. Mijn vriend was zo te zien net zo opgelucht als ik over de ontspannen wijze waarop Jenny de zaak benaderde.

Ze stond op. 'Ik ga eerst bellen om te zeggen dat alles

in orde is en dat die ouders zich echt geen zorgen hoeven maken. Geef even het nummer, meneer Groen.'

'Dat is lief van je, maar ik heb twee uur geleden nog gebeld om te zeggen dat het goed gaat met Christina, dat het alleen erg tegenzit met terugbrengen,' wierp ik tegen.

'Maar ik ben een vrouw. Dat geeft toch meer vertrouwen.'

Daar had ik niet van terug. Ik gaf haar het nummer van de school.

'Je kunt beter niet met een mobiel bellen, maar vanuit een telefooncel, anders kunnen ze misschien zien waarvandaan er wordt gebeld,' raadde ik haar aan.

'Jullie zijn écht slim. Ik ben gewoon in een detective terechtgekomen,' constateerde Jenny enthousiast. 'Maar maakt u zich geen zorgen, want ik heb geen mobiel.'

Ze trok haar jas aan en stapte de deur uit. 'Tot strakjes.'

Verbluft door zo veel kordaatheid bleven we zwijgend naar de deur zitten kijken, totdat Evert opmerkte: 'Nou zullen ze helemaal wel in de war zijn, als er opeens een Surinaamse moeke belt dat alles in orde komt.'

'O, o, stom! Vergeten te zeggen dat ze niet die ouders maar de school aan de lijn krijgt. Ik moet haar waarschuwen.' Ik stond op en schoot in mijn jas.

'Zeg Hendrik, als je toch naar buiten gaat, wil je dan nog even bij mijn huis langsgaan om Mo eten te geven en een rondje met hem te lopen? De brokken staan in het gootsteenkastje.'

Ik zei dat ik dat zou doen en haastte me de deur uit.

Evert bleef in verbazing achter.

'Nou, nou, die doortastendheid is besmettelijk. En dat allemaal om jou,' bromde hij, terwijl hij vertederd in de kinderwagen keek. Toen werd er op de deur geklopt.

'Meneer Groen, mag ik u nog even storen?' Het was de buurvrouw weer.

Evert verstijfde. 'Kolerewijf,' fluisterde hij.

'Meneer Groen? Bent u daar?'

60

11.50 uur – Politiebureau

Mathieu Stork had de trap naar de derde verdieping genomen en daar gevraagd naar rechercheur Braspenning. Een vrouwelijke agent had hem naar een kamertje gebracht aan het eind van een gang. Stork had geklopt en was zonder antwoord af te wachten naar binnen gegaan.

Braspenning keek niet op en tikte langzaam met twee vingers verder. Naast zijn computer lagen een paar handgeschreven A4'tjes.

'Ja?'

Stork kende deze Braspenning bij nader inzien wel. Zijn achternaam had hem niets gezegd, maar toen hij het bleke hoofd met vette haren vlak boven het toetsenbord zag hangen zonder dat de man opkeek, wist hij dat hij met de licht autistische rechercheur Bram te maken had. Ooit was hij als talentvol aangenomen, maar ergens op het carrièrepad was hij verdwaald, en hij had nooit meer de weg terug gevonden. Uiteindelijk was hij weggestopt achter een bureau en werd hij door zijn chef voornamelijk nog gebruikt als veel te dure en zeer matige typist.

'Hallo, Bram, tijd niet gezien. Hoe gaat het ermee?'

'Z'n gangetje, meneer Stork, z'n gangetje.' Heel even keek hij op.

'Vink zei dat jij bezig was met de lijst met tips, klopt dat?'

'Hij is over vijfenvijftig minuten af, meneer Stork.'

'Hm, dan ben ik al weer weg. Weet je wat, Bram, jij gaat nu lekker lunchen en intussen kijk ik een en ander op mijn gemakje even door.'

'Ik heb geen honger.' Bram krabde nerveus in zijn vette haar.

'Dan ga je een eindje wandelen. Even een frisse neus halen.'

Bram haalde diep adem, aarzelde of hij nog iets ging zeggen, stond toen toch maar op en trok zijn jas aan.

'Over hoe lang mag ik weer terugkomen, meneer Stork?'

'Over vijfendertig minuten, Bram. En ik zal tegen je baas zeggen dat ik dit zo met je heb afgesproken, voordat hij tegen je tekeergaat.'

'Tot over vijfendertig minuten, meneer Stork.'

'Ja, tot straks, Bram.'

Bram verdween geruisloos.

De officier van justitie veegde met zijn hand de stoel schoon en ging achter de computer zitten. Er stond een lijst met zeventien tips. Naast de pc lag nog een aantal handgeschreven samenvattingen van telefoontjes met tips die waren binnengekomen. Stork telde er negen.

61

11.35 uur – Prinses Margrietschool

Het opvangteam zat een beetje in een dip.

Om de tafel van de docentenkamer zaten schoolbestuurder Eelco de Visser, de maatschappelijk werkster die verbonden was aan de school, de traumadeskundige en Hetty Schutter. Ze hadden niets te managen behalve de telefoon. Die ging regelmatig, maar het bleken keer op keer journalisten te zijn.

'We doen in het belang van de ontvoerde baby geen enkele mededeling,' was het standaardantwoord dat de directrice gedicteerd had gekregen van de politie.

In een hoek zat Harry op een kruk te wachten tot hij weer koffie of thee moest brengen of een ander klusje moest doen waar de overige aanwezigen te belangrijk voor waren.

Hij was doodmoe na zijn vrijwel slapeloze nacht. In een onbewaakt ogenblik viel hij half van zijn krukje nadat zijn ogen even waren dichtgezakt. Hetty keek hem vernietigend aan.

Tot zijn geluk werd de aandacht van hem afgeleid

doordat de telefoon ging.

'Prinses Margrietschool, met mevrouw Schutter, goedemorgen.'

Even keek ze niet-begrijpend en onmiddellijk daarna begon ze paniekerig met haar ene arm te zwaaien en naar de telefoon te wijzen.

'Ja... ja... maar... wanneer gaat dat gebeuren? ... Met wie spreek ik eigen–' Ze keek naar de hoorn, alsof daar nog iets uit op te maken viel, en besloot met een langgerekt en verbaasd: 'Nou...'

'Wat is er? Wat is er?' De Visser griste de hoorn uit haar hand en riep er volkomen nutteloos nog drie keer 'hallo' in.

'Wie was dat?' vroeg de maatschappelijk werkster schaapachtig.

'Een vrouw. Een Surinaamse vrouw. Ze zei dat we ons geen zorgen hoefden te maken over de baby. Dat ze vanavond of morgenochtend weer veilig bij haar vader en moeder zou zijn.'

'Nou, dat is goed nieuws. Toch?' De Visser keek triomfantelijk de kleine kring rond, bijna alsof deze gunstige wending in de zaak aan zijn daadkracht toe te schrijven was.

In het kamertje ernaast zette een rechercheur zijn koptelefoon af en belde naar het hoofdbureau.

'Ja, met Uzcuk, mag ik commissaris Graven aan de lijn? Spoed graag. Het is belangrijk.'

62

11.40 uur – Bij de flat van Hendrik

'Meneer Groen? Bent u daar?' herhaalde Gerda van Duivenbode.

Ze wist zeker dat er nog iemand bij haar buurman in de flat moest zijn. Ze kon toch zeker wel tot drie tellen. Haar buurman had ze zelf gezien en hij had gezegd dat zijn vriend nog binnen was. Die schoonmaakster had ze duidelijk gehoord toen die naar binnen ging. Het was trouwens ook haar gebruikelijke dag en tijd. Maar gek genoeg was een van de drie kort daarna al weer weggegaan, en ze zou zweren dat het die Surinaamse was geweest, aan de voetstappen te horen. Vlak daarna had óf Groen óf zijn vriend ook de lift naar beneden genomen. Gerda had koortsachtig naar een smoes gezocht om nogmaals aan te kunnen bellen en, wie weet, even naar binnen te kunnen kijken als bleek dat die vriend van Groen alleen was achtergebleven. Uiteindelijk had ze besloten om een postzegel te gaan vragen. Ze had op de deur geklopt en meneer Groens naam geroepen.

Er kwam geen antwoord.

Ze luisterde aan de deur. Toen sloop ze op haar tenen naar haar eigen flat om haar eigen voordeursleutel te halen, ging terug de hal in en deed haar deur met een iets te harde klap dicht. Vervolgens legde ze haar oor weer tegen de deur van haar buurman. Al snel hoorde ze iemand zachtjes praten zonder dat er een antwoord kwam. 'Tegen wie zit-ie nou te praten? Dat kan toch niet?'

Een paar minuten later hoorde ze de lift omhoogkomen. Zo snel en zacht als ze kon maakte ze haar eigen deur open, schoot naar binnen en sloot voorzichtig de deur achter zich. Door haar spionnetje kon ze tot haar spijt net niet de lift zien. Zwetend bleef ze staan luisteren.

De liftdeur ging open.

Ze hoorde de Surinaamse vragen: 'Hebt u ook luiers in huis?'

Er kwam geen antwoord behalve een zacht gesis.

De deur van de buurman ging open en dicht.

63

11.50 uur – Huis van de ouders van de baby

Maartje keek dwars door haar man heen, die voor haar stond met een kopje thee en daar uit gewoonte een speculaasje bij had gedaan.

'Maartje, schat, je moet iets eten en drinken.' Hij pakte haar voorzichtig bij een arm. 'Lieverd, je moet echt iets drinken.'

'Ja,' zei ze wezenloos. Ze pakte het kopje aan en zette het voor zich op tafel.

De dokter had haar zo veel kalmeringsmiddelen gegeven dat ze bijna niet meer aanspreekbaar was.

De telefoon ging. De politieman zette zijn opnameapparaat aan en knikte naar Johan dat hij kon opnemen.

'Verbeek hier, met wie spreek ik?'

Hij knikte een paar keer.

'Wat denkt u ervan?'

Weer luisterde hij even.

'Heel hartelijk dank, meneer, eh... agent.'

Hij legde de hoorn neer, haalde diep adem en pakte zijn vrouw stevig bij de schouders.

'Luister, Maartje, er is opnieuw gebeld naar de school. Het was deze keer een vrouw. Ze heeft gezegd dat Sabine het goed maakt en dat ze waarschijnlijk vanavond of morgenochtend wordt teruggebracht. En dat we ons geen zorgen hoeven te maken.'

'Dat zeiden ze de vorige keer ook,' zei Maartje wezenloos.

'Ja, maar deze keer was het een vrouw. Ik weet niet waarom, maar dat geeft toch meer vertrouwen. Ze dachten dat het een Surinaamse was.'

'Hebt u Surinaamse vrienden of kennissen?' kwam de rechercheur bij het afluisterapparaat ertussen.

De vader dacht na en schudde toen zijn hoofd.

'Nee, ik ken eigenlijk geen buitenlandse mensen. Alleen onze Turkse buurman.' Toen schoot hem nog wat te binnen. 'En twee Polen. Die hebben de verbouwing van de kinderkamer gedaan.'

64

12.00 uur – Stadhuis

De burgemeester was niet blij met het verslag van de hoofdcommissaris. 'Dat schiet niet bepaald op, Wiebe. Wat moet ik straks zeggen op de persconferentie?'

'Niks.'

'Ik kan niet niks zeggen. Dat is een blamage.'

'Probeer dan nog maar eens dat we in het belang van het onderzoek geen mededelingen kunnen doen. Dat klinkt iedereen in elk geval bekend in de oren.'

'Het lijkt wel of jij een beetje te goed naar je collega Stork hebt geluisterd. Ik bespeur nu ook bij jou enig cynisme.'

'Hij is mijn collega niet en het is ook geen cynisme, maar het enige wat ik kan bedenken.'

'Hoe zit het met die tips, hoeveel zei je dat er binnen waren gekomen?'

'Het precieze aantal op dit moment weet ik niet, maar het zullen er maximaal dertig zijn.'

'Dus als ik zeg dat de politie bezig is met het natrekken van tientallen binnengekomen tips, dan is dat de waarheid?'

'Ja, strikt genomen wel, al zit er geen een bij die we erg serieus nemen.'

'We nemen álles serieus, Graven, in ieder geval zeggen we dat altijd.'

Graven zweeg. Hij ging discussies met haar liever uit de weg, dat bespaarde hem kostbare energie.

'Goed, ik zeg dus dat we tips hebben en dat er... hoeveel man zijn er inmiddels op de zaak gezet?'

'Vijfentwintig.'

'Kan ik daar geen veertig van maken?'

'Ja, dat kan wel, maar het is niet waar.'

'Dan zeg ik "een kleine veertig".'

Graven keek naar buiten. Hij verlangde naar een aardbeving.

65

12.15 uur – Politiebureau

Stork werkte nauwkeurig de lijst met zevenentwintig tips door.

Tip 18.
20.26 uur. Gebeld door meneer Schoonderwalt. Nummer onbekend. Heeft een kinderwagen in de sloot bij zijn huis zien liggen. Agenten Herdegang en Al Achrouir zijn gaan kijken en hebben een verroeste winkelwagen uit het water gehaald.

Mathieu Stork schudde zijn hoofd.

Tip 19.
20.44 uur. Gebeld door een anonieme beller, vermoedelijk een man op leeftijd, 0688238637. Hij vertelde dat zijn buurvrouw een grote voorraad Pampers heeft ingeslagen. Enig doorvragen leert dat die buurvrouw 'ongeveer' vier kleine kinderen heeft. Hij wist niet precies hoeveel. Wel minstens twee hele kleintjes. Geen actie ondernomen.

Tip 20.
21.49 uur. Gebeld door ene mevrouw Van Duivenbode, Vermeerstraat 225. Ze vertelt dat haar buurman van ongeveer zeventig jaar oud zich vreemd gedraagt. Ze meent dat ze 'misschien' een baby heeft horen huilen. Nog geen actie ondernomen. Iemand langssturen?

Stork bestudeerde een kaart van de stad die hij naast zich op het bureau had uitgevouwen.

De recherche had met een passer twee cirkels rond de Prinses Margrietschool gezet. De cirkels stonden voor de inschatting van de politie van de minimale en de maximale afstand die ze dachten dat de ontvoerder gelopen kon hebben.

Een derde en een vierde cirkel waren getrokken rond het fietstunneltje waar de vechtpartij met de Marokkaanse jongens had plaatsgevonden. Ook die cirkels correspondeerden met schattingen van de afstand die een wandelaar in respectievelijk vijf en tien minuten kon afleggen.

Ten slotte stonden er nog cirkels rond de plekken waarvandaan volgens de telefoonmaatschappijen gebeld zou zijn om te zeggen dat de baby teruggebracht zou worden.

Stork zocht de Vermeerstraat op de kaart. Hij knikte een paar keer.

'Kan toeval zijn. Kan.'

Hij besloot eerst de resterende zeven tips door te nemen. Kort daarna kwam er een agent binnen met een briefje in zijn hand.

'Waar is Braspenning?'

'Die is even lunchen. Ik vervang hem zolang. Hoezo?'

'Er is nog een tip binnengekomen.'

'Leg maar neer. Braspenning is met een kwartiertje terug en dan geef ik het hem.'

De agent bedankte en ging weg.

Op het briefje stond: *09.55 uur. Mevrouw Van Duivenbode belt voor de tweede keer. Zegt nu zeker te weten dat ze bij haar bejaarde buurman op nummer 227 een baby heeft horen huilen. Lijkt serieus. Actie ondernemen? Vermeerstraat 225*. En dan een telefoonnummer.

Stork ging achterover zitten en dacht na.

Hij schrok op toen Braspenning op de deur van zijn eigen kamer klopte, zijn hoofd naar binnen stak en vroeg of hij weer aan het werk mocht.

'Ga nog maar even koffiedrinken. Over tien minuten ben ik hier klaar.'

'Ik lust geen koffie.'

'Thee dan.'

'Goed, meneer Stork.' En hij trok de deur weer dicht.

Stork aarzelde en typte toen de nieuw binnengekomen tip als nummer 28 op de lijst van Braspenning.

Hij paste daarna nog een paar dingen aan op de lijst, maakte voor zichzelf een briefje met aantekeningen en stak dat vervolgens in zijn zak. Het hing nu van de plannen van de burgemeester af wat hij zou gaan doen.

Om 13.15 uur had hij crisisberaad met de burgemeester en de commissaris ter voorbereiding op de persconferentie.

66

13.00 uur – Prinses Margrietschool

Harry was weer weggedommeld op een stoel in de hoek van de kamer en schrok wakker.

'Huh?'

'Of je zo vriendelijk wilt zijn nog een vers bakje koffie te zetten,' vroeg Hetty Schutter dwingend. Zuchtend stond hij op en ging naar zijn keukentje, dat inmiddels was vrijgegeven door de politie. Hij deed nog minder koffie in het filter dan normaal.

Toen hij terugkwam met de koffiepot was de schoolbestuurder, de heer De Visser, aan het woord.

'De eerste ontvoerder belt naar de school. Logisch, want daarvandaan heeft hij het baby'tje meegenomen. Maar de tweede ontvoerder, die belt naar de ouders. Dat is vreemd. Los van de vraag of ontvoerder twee de baby wel of niet heeft, hoe weet hij het telefoonnummer van die ouders?'

'Uit het telefoonboek misschien?' suggereerde de maatschappelijk werkster, die nog in het Gouden Gidstijdperk leefde.

‘Dan moet je toch een naam hebben. Hoe wist die ontvoerder zo snel een naam?’

De Visser keek de kring rond. ‘Heeft iemand van jullie soms per ongeluk kort na de ontvoering de naam Verbeek laten vallen?’

Er werd ijverig nee geschud.

‘De verse koffie,’ zei Harry net iets te hard. Het was zijn bedoeling geweest om de aandacht af te leiden, maar nu keek iedereen hem juist aan.

‘U hebt ook niemand verteld om welk kindje het ging, kort na de ontvoering?’

Harry voelde zijn hartslag omhooggaan terwijl hij deed alsof hij nadacht. ‘Hmm... nee, niet dat ik weet.’

‘Niet dat u weet?’ vroeg De Visser.

‘Nee, niet dat ik weet.’

Hetty Schutter kneep alleen haar ogen even tot spleetjes terwijl ze Harry aankeek.

De Visser wendde zich tot de politiepsycholoog. ‘Wat denkt u, zou de politie ook op dit idee zijn gekomen?’

‘Ik durf het u niet te zeggen,’ antwoordde de politieman.

67

13.18 uur – Stadhuis

Om 13.18 uur stapte de burgemeester binnen. Ze kwam altijd iets te laat. Op tijd komen, of zelfs iets te vroeg, zou volgens haar de indruk kunnen wekken dat ze het niet erg druk had. Soms wachtte ze om die reden even in haar kantoor voor ze zich naar buiten haastte.

Stork en Graven zaten al te wachten.

'Goedemiddag,' zeiden ze precies gelijktijdig.

Simone Schaarsberg Donk knikte met iets wat op een glimlach leek.

'Nog nieuws?'

Commissaris Graven knikte. 'Weer een telefoontje. Deze keer een vrouw, waarschijnlijk een Surinaamse of Antilliaanse vrouw. Ze belde naar de school om te zeggen dat de baby vanavond of morgenochtend teruggebracht zal worden. En verder hebben we een vermoeden in welke buurten we het huis van de dader moeten zoeken.'

'Hoe groot is dat gebied?' vroeg de burgemeester.

Graven wees op een kaart van de stad een cirkel aan

waarbinnen de straten geel waren gemarkeerd. 'We denken dat de kans redelijk groot is dat de dader binnen deze straal woont.'

'Hoeveel mensen heb je nodig om dat gebiedje uit te kammen?' Er kwam, nog meer dan gewoonlijk, iets daadkrachtigs over de burgemeester. Hier kon eindelijk tot actie worden overgegaan.

'Ik zou denken... een man of honderd misschien, maar...' de commissaris pulkte bedachtzaam aan zijn snor, '...het is de vraag of dat verstandig is.'

'Hoe bedoel je?' vroeg de burgemeester.

'Nou, we hebben het er dacht ik al eerder over gehad, maar moeten we niet wachten tot morgenochtend? Geven we de ontvoerder of ontvoerders de kans om dat kindje rustig ergens neer te zetten.'

'En er zo mee weg te komen? Geen sprake van,' zei de burgemeester bits. 'Bovendien is het hoog tijd om te laten zien dat we daadwerkelijk iets doen.'

'Beste Simone, mag ik even wat zeggen?' vroeg Stork.

Ik ben je beste Simone niet, had ze graag geantwoord, maar ze hield haar ergernis binnen. 'Ja, laat eens horen wat jij ervan vindt, Mathieu,' zei ze ijzig.

'Ik ben het met Wiebe eens. Ik schat in dat die baby vanzelf terugkomt. En met een beetje geluk krijg jij óók nog je nepontvoerder op een presenteerblaadje. Ga je nu met veel vertoon van macht een halve wijk uitkammen, dan betekent dat alleen maar kans op meer ellende. Ik wil best de verantwoordelijkheid nemen voor dat uitstel van actie.'

'Dat is alleen jouw verantwoordelijkheid helemaal niet. Die ligt bij mij. Ik vind dat we nu moeten uitstralen dat we actie ondernemen. En dat we onze burgers het gevoel moeten geven dat de bestuurders hun verantwoordelijkheid durven te nemen.'

Stork zei niets. Hij keek haar alleen strak aan.

'Bespaar me die minachtende blikken, Mathieu. Verschil van inzicht moet je soms gewoon accepteren.'

Graven draaide voor de verandering een puntje aan zijn snor en zei niets.

'Wanneer kun jij die wijk op zijn vroegst uitkammen, Wiebe?' De burgemeester had besloten zich niets aan de beide heren gelegen te laten liggen. Dit zouden haar glorieuze dagen worden.

Graven dacht na en schudde langzaam zijn hoofd. 'Op zijn vroegst morgenochtend.'

'Hoe vroeg?'

'Ik weet niet, een uur of zeven?'

'Mooi, morgenochtend zeven uur.'

'Dan slapen de meeste mensen nog,' merkte Stork op.

'Maar dan is wel iedereen thuis,' zei Schaarsberg Donk met een superieur lachje.

'Om negen uur zijn alle opa's met baby's ook nog thuis.'

'Ik wil geen risico nemen, maar om je tegemoet te komen stel ik acht uur voor.' De burgemeester keek erbij alsof ze een flinke concessie deed.

'En als ik niet meedoe?' vroeg Stork.

'Dan haal ik je hoogstpersoonlijk per onmiddellijk van deze zaak.'

'Jij kunt me helemaal niet van deze zaak halen, Simone. Daar heb je de bevoegdheid niet voor.'

Zwijgend stonden ze tegenover elkaar.

'Strikt genomen heb je gelijk. Maar ik kan wel overwegen even met de minister te bellen.'

'Je vriendje de minister?'

Schaarsberg Donk knikte.

Stork probeerde een blik van verstandhouding te wisselen met Graven, maar die keek nadrukkelijk de andere kant op.

Het bleef wel een minuut lang ijzig stil.

'Dan zijn we het dus eens. Morgenochtend acht uur de wijk in,' zei Schaarsberg Donk toen.

'Nou, eens zijn we het niet,' zei Stork, 'laten we zeggen dat het jouw beslissing is.'

Simone Schaarsberg Donk knikte. 'Voor kennisgeving aangenomen.'

68

15.00 uur – Stadsreiniging

Wil keek op zijn horloge. Het was drie uur precies. Met een slakkengang van twintig kilometer per uur reed hij de straat uit en sloeg rechts af. Hij kon de route dromen na achttien jaar bij de stadsreiniging, waarvan de laatste acht jaar bij dezelfde afdeling, op hetzelfde wagentje en op dezelfde drie routes. Wil hield niet van verandering. Hij hield eigenlijk nergens van, behalve van auto's, voetbal, bier en geld. Een overzichtelijk kwartet, vond hij zelf. Hij hield ook van televisie, maar alleen van programma's over voetbal en auto's, en daar dronk hij dan bier bij. En nu, voor het eerst van zijn leven, rook hij geld. Tot gisteren dacht hij in tientjes, nu in duizendjes.

Het wordt me gewoon in de schoot geworpen, bedacht hij, en ik zal me daar gek zijn om het te laten liggen.

Hij schrok van getoeter achter hem, keek in zijn spiegel en zag dat hij de voorste was van een kleine file. Hij stak gewoontegetrouw zijn middelvinger op, maar zette zijn oude Toyota toch even aan de kant.

Dit schiet niet op. Als ik de hele route afleg met de snelheid van mijn vuilniswagentje, valt dat gigantisch op, zei hij in zichzelf. Hij besloot, na lang nadenken, veertig te gaan rijden en de geklokte tijden met twee te vermenigvuldigen. Hij stopte onderweg het gebruikelijke aantal minuten bij alle vuilnisbakken die hij geacht werd te legen. Hij noteerde de tijd en trok daarna weer op. Bij twee vuilnisbakken stapte hij uit, wandelde een klein rondje en keek zo onopvallend mogelijk om zich heen. Uiteindelijk koos hij voor een vuilnisbak die dicht bij het eindpunt van zijn route lag, de garage van de stadsreiniging, waar hij ook was begonnen. Hij schatte de tijd die hij nog nodig dacht te hebben om vandaar weer op zijn werk te komen en schreef alle tijden op een briefje. Hij zat een tijdje ingespannen te rekenen, maar uiteindelijk noteerde hij: *half elf Breitnerstraat, hoek Tooropstraat* en zette er een dikke streep onder. Hij knikte langzaam; dat was het. Hij schatte de afstand die lag tussen de Van Tellegenstraat en de door hem uitgekozen bak. Dan gaf hij die vader een kwartier om daar vanaf zijn huis naartoe te fietsen. Dat fietsen vond Wil een geniaal idee. Daar hielden ze vast geen rekening mee. Een fiets was lastiger in de gaten te houden dan een voetganger of een auto. Hij moest dus om ongeveer kwart over tien bellen, als zijn maat bezig was een bak te legen.

Hij startte de auto, reed naar het winkelcentrum, koos een van de zes telefoonwinkels die daar het winkelbestand opfleurden en kocht de goedkoopste prepaidtelefoon die hij kon vinden, met een tientje beltegoed. Hij vond het nu al zonde dat hij die morgen in de sloot zou moeten gooien. 'Niet zeiken, Staaf, daar staat een tas vol geld tegenover.' Wil hield niet van praten met mensen, maar voor zichzelf maakte hij een uitzondering.

Hij reed vervolgens naar de Aldi, haalde zes halve liters bier en reed naar huis. Daar constateerde hij dat zijn vrouw, zoals verwacht, het laatste biertje had opgedronken en prees zichzelf met zijn vooruitziende blik. Met een overdreven gebaar maakte hij, vlak voor haar neus, de eerste van zijn nieuwe blikken open en zette de tv aan. Zijn vrouw was hoogst verbaasd toen hij even later naar het nieuws zat te kijken.

69

15.10 uur – Flat van Hendrik

Jenny trok haar jas aan. Ze ging op haar normale tijd naar huis, maar had geen overhemden gestreken en vloeren gedweild. In plaats daarvan had ze een baby in bad gedaan in een afwasteiltje, een gekneusde enkel opnieuw verbonden en twee oude mannen een iets optimistischer kijk op het leven gegeven.

Tussendoor had ze ook nog de was gedaan en theegezet.

Ik was geroerd door zo veel hulp in moeilijke tijden, die ook nog met alle vanzelfsprekendheid werd geboden.

'Jennifer, ontzettend bedankt vast, voor alles, wat er verder ook gebeurt.'

'Graag gedaan, meneer Groen, voor u en voor uw vriend.'

'Nou, tot morgenochtend dan, half negen.'

'Wel om zeven uur een flesje geven, hè, en een schone luier. Ik wil graag met een schoon kind op stap.'

Ik knikte. Evert stak vanaf de bank een hand op en

probeerde iets wat op een grijns leek.

Jenny zwaaide vrolijk terug en trok de deur achter zich dicht.

'Geweldig wijf is dat, Henk. Die mag bij mij ook schoon komen maken.'

'Ja, het is inderdaad een fantastische vrouw. Nog los van haar poetskwaliteiten. Die maak je niet gauw gek.'

'En slim en handig,' vervolgde Evert. 'Met een beetje geluk kan morgen om half tien de champagne open als alles goed is gegaan.'

'Even resumeren,' zei ik. 'Ze komt om half negen met een reiswiegje. We geven ons meisje voor die tijd nog een flesje en een schone luier, pakken haar goed in, geven een dikke knuffel, en dan hup in de wieg en naar beneden. Alles heel stil om geen slapende buurvrouw wakker te maken. Jennifer zet de reiswieg in de auto en rijdt naar het Heerenplein. Ze zet de baby daar in het buurthuis waarvan haar neef een illegale sleutel heeft. Daar is morgenochtend niemand en je kunt er meestal ongezien naar binnen. Eventueel gaat ze nog een extra blokje om, als ze bang is gezien te worden. Daarna rijdt ze terug naar huis. Als alles volgens plan is gegaan en ze Christina veilig en ongezien heeft achtergelaten, belt ze onderweg mij om dat te zeggen. Ik wandel dan naar de telefooncel en bel de school. Als daar weer niemand blijkt te zijn, bel ik 112. Kindje wordt opgehaald en teruggebracht naar de ouders. Eind goed, al goed. Zien we nog iets belangrijks over het hoofd?'

We namen allebei in gedachten het scenario nog eens door.

'Jenny moet andere kleren aantrekken als ze met

Christina over straat gaat. Oude kleren die ze daarna ergens in een container gooit. En een bril op. Ze moet zich onopvallend vermommen,' bedacht Evert.

'Zou het?' Ik besloot haar straks nog even te bellen om het voor te leggen.

'En om uiterlijk half tien is alles achter de rug en kan de fles open. Dan zuip ik een klein stukje in mijn kraag en ga daarna met de taxi naar de eerste hulp.'

'Misschien kun je daar toch beter nuchter aankomen,' opperde ik, 'dat maakt een betere indruk. Kom je daarna weer met de taxi terug hiernaartoe, en dán drinken we allebei een klein stukje in onze kragen, op de goede afloop. Oké?'

'Oké. O, en wil je om een uur of tien morgenochtend, als ik naar de eerste hulp ben, misschien Mo nog een keer uitlaten?'

'Natuurlijk, vriend. Maar eerst nog een lange nacht. Ik zal van de zenuwen wel weer niet veel slapen.'

'Heb je geen pilletjes?' vroeg Evert.

'Pilletjes?'

'Ja, om te slapen.'

'Had ik nog nooit nodig.'

70

15.45 uur – Flat van Harry

Harry zag er bepaald niet florissant uit. Na een rampavond op school, gevolgd door een doorwaakte nacht en weer een hele dag op school, zag hij grauwwit, had wallen onder zijn ogen en een baard van twee dagen. Hij had Hetty bijna gesmeekt naar huis te mogen. Het hoofd van de school had ingezien dat Harry als visitekaartje van haar school een nogal verkreukelde indruk maakte en had hem toegestaan naar huis te gaan.

'Morgenochtend acht uur weer hier, graag. En doe schone kleren aan, Har,' had ze er quasivriendelijk aan toegevoegd.

Nu zat hij in zijn stoel te tobben.

Zijn vrouw had een kopje thee voor hem gezet en was aardappelen aan het schillen.

Harry was van slag. Hij had niet eens trek in een biertje. En de chips bij de thee smaakten ook niet.

Hij zat met zijn broer in zijn maag.

De vraag van de meneer van het bestuur of hij iemand het adres van de ontvoerde baby had gegeven, bleef door zijn hoofd spoken. Daarbij had hij op het politiebureau opgevangen dat de ontvoerder die losgeld had gevraagd met een plat accent praatte.

Hij wist het niet zeker meer, maar volgens hem had hij zijn broer Wil gezegd hoe die ouders heetten en waar ze woonden. En Wil praatte zo plat als maar kon.

Zou Wil zoiets kunnen bedenken? En zou hij het ook nog eens echt kunnen doen? vroeg Harry zich voor de zoveelste keer af.

Het antwoord was voor de zoveelste keer tweemaal ja. Zijn broer was een mafkees. Hijzelf was misschien soms niet helemaal goudeerlijk, maar Wil was gewoon een rotte appel. Een domme rotte appel ook nog. Niet dat Harry zichzelf zo'n licht vond, maar hij slaagde er tenminste bijna altijd in uit de moeilijkheden te blijven. Wil had al aardig wat akkefietjes achter de rug. Knokpartijtje hier, taakstrafje daar.

Dus waarom zou hij met zijn stomme kop niet proberen hier een slaatje uit te slaan? Harry stelde zichzelf de vraag en gaf zelf het antwoord: dankzij zijn informatie moest Wil misschien hebben gedacht dat hij wel zonder risico zou kunnen proberen losgeld te vragen.

Harry schudde zijn hoofd.

'Wat zit je te schudden?' vroeg zijn vrouw.

'Niks. Ik denk dat ik straks even bij Wil langsga.'

Even keek ze heel verbaasd. 'Wat heb je nou opeens bij die eikel te zoeken?' zei ze na een korte stilte.

'Ho ho, die eikel is wel mijn broer, hoor.'

'Nou, gefeliciteerd met zo'n broer. Ik ga niet met je mee in ieder geval. Totaal geen zin in die gozer. En al helemaal niet in zijn vrouw.'

'Wat jij wilt.' Harry was allang blij dat hij geen smoes hoefde te verzinnen waarom ze niet mee kon komen.

71

16.00 uur – Flat van Wil

'Is er iets met je? Ga nou eens zitten, man, het lijkt wel of je peper in je reet hebt.'

Wil liet een boer. 'Luister 'ns effe goed naar me. Ik heb soms zorgen aan me kop, dat wil je niet weten.'

'Dat wil ik dus wél weten, Wil.'

'Het probleem is dat jij altijd overal je neus in wilt steken. Sommige dingen moet je niet willen weten.'

'Dat maak ik zelf wel uit.' Met een chagrijnig gezicht zette ze de koptelefoon van haar eigen televisie op en was even later verzonken in de herhaling van *Onderweg naar Morgen*.

Wil realiseerde zich nu pas dat hij, als alles lukte, nog een probleem had op te lossen: zijn vrouw.

Ze was echt niet de slimste, maar kon vrij aardig rekenen. Ze wist bovendien precies hoeveel hij verdiende. Hoe moest hij die honderdduizend euro uitleggen die hij binnenkort zou hebben? Ze zou zijn kop gek zeuren om erachter te komen waar al dat geld vandaan kwam. Daar waren maar weinig mensen tegen bestand.

Er waren een paar opties. Of hij gaf het geld heel mondjesmaat uit. Of hij bedacht iets met een lot uit de loterij. Of hij vertelde de waarheid.

De laatste mogelijkheid verwierp hij als eerste. Hij had eigenlijk geen idee hoe ze zou reageren als hij zou vertellen hoe hij aan het geld kwam. Misschien zou ze trots zijn. Of bang. Of het geld terug willen brengen, al leek die kans hem erg klein. In ieder geval zou ze waarschijnlijk haar mond niet kunnen houden en het haar zus vertellen. En dan kon je het net zo goed meteen in de krant zetten.

De optie om het geld met kleine beetjes tegelijk uit te geven leek hem ook niets. Als hij per week, laten we zeggen, honderd euro extra uitgaf, zou ze het al merken. En gaf hij bijvoorbeeld elke week maar vijf tientjes meer uit dan normaal, dan deed hij er tweeduizend weken over om alles op te maken. Hij rekende het niet precies uit, maar wist wel dat hij dan dood zou zijn lang voor het geld op was.

Hij moest een of andere prijs bedenken die hij ging winnen, zonder dat ze argwaan kreeg. Iets met een staatslot. Moest ze natuurlijk dat winnende lot zien dat hij niet had.

'Verdomme, dat is nog niet zo makkelijk,' mompelde hij.

'Wat is niet zo makkelijk?' klonk het uit de stoel naast hem.

Wil keek verbaasd opzij. Ze had toch echt haar koptelefoon op.

72

19.30 uur – Politiebureau

De burgemeester had de klus eigenlijk willen laten klaren door drie pelotons ME, maar daaraan had zowel Stork als Graven elke medewerking geweigerd. Ook bewapende arrestatieteams de wijk in sturen hadden ze tegen weten te houden. Met behulp van een door Stork geregeld telefoontje van de hoofdofficier van het landelijk parket was burgemeester Schaarsberg Donk overstag gegaan. Er zou een uitgebreid huis-aan-huisonderzoek gaan plaatsvinden, uitgevoerd door rechercheurs en agenten in burger. Er werden daartoe nu tien teams van elk vier agenten geformeerd die per team een stuk of veertig adressen voor hun rekening moesten nemen.

De onderlinge verstandhouding tussen Stork en Schaarsberg Donk was er niet beter op geworden. IJzig was nog zacht uitgedrukt. Ze hadden elkaar niet gegroet toen ze uit elkaar waren gegaan op het stadhuis. Graven had zich zo veel mogelijk op de vlakte gehouden, maar koos van de twee kwaden uiteindelijk toch voor Stork. Ook niet bepaald zijn vriend, maar deze toonde tenminste gezond verstand met zijn keuze om zo onopvallend mogelijk te opereren. Schaarsberg Donk was volgens hem volkomen doorgeslagen in haar pogingen een daadkrachtige indruk te maken.

De zweetplekken drongen bij de commissaris langzaam maar zeker ook door zijn jasje. Hij barstte weer van de pijn in zijn hoofd. Het stripje paracetamol dat hij die ochtend van huis had meegenomen was op. Hij zag nu geen kans zijn secretaresse onopvallend te vragen hem nieuwe te brengen.

De techniek had de politie op het beslissende moment weer eens in de steek gelaten. Het grote digitale bord aan de wand, waarop hij kaarten tevoorschijn kon toveren, weigerde dienst. De IT-afdeling, die op dat moment bestond uit één man, was twee uur geleden naar huis gegaan en had zijn telefoon uitgezet.

Graven stond nu voor een grote uitgevouwen kaart van het stadje, die met plakband op het digitale bord was geplakt, en hanteerde als aanwijsstok een liniaal.

Achter hem keken twintig agenten in burger zwijgend toe en noteerden straatnamen en tijden. Er was enige discussie over de meest logische volgorde waarin alle straten afgewerkt zouden moeten worden. Graven kapte de discussie af. 'Het doet er niet zo veel toe welke straat we eerst doen. Ik verwacht niet dat we een oude baas met een kinderwagen door de hele wijk gaan jagen.'

Vervolgens werden instructies gegeven hoe de agenten te werk moesten gaan. Aanbellen, legitimeren, uitleggen waarnaar ze op zoek waren en vragen of ze even binnen mochten komen. Mocht dat niet, dan aandringen en melden dat een bevel tot huiszoeking onderweg was.

'Ik hoop niet dat je mensen treft die enig verstand van zaken hebben en weten dat dat niet zo werkt,' had Stork opgemerkt.

'Onderweg is een relatief begrip, Mathieu,' had Graven gezegd. 'Volgens mij is er aan zo'n opmerking niets onwettigs.'

'Je gaat je gang maar, Wiebe.'

Tot slot werd de logistiek van de operatie doorgenomen. Welke mensen in welk team, welke auto's, welke communicatie en wie waar verantwoordelijk voor was.

De volgende morgen om zes uur zou iedereen zich weer verzamelen op het hoofdbureau.

Stork groette en vertrok naar zijn eigen bureau. Daar dacht hij na.

Vervolgens ging hij naar de kamer van Bram Braspenning. Tien minuten later verliet hij die weer. Op het bureau van Bram lag een kort handgeschreven briefje. Dat zou hij morgen om precies zeven uur vinden. Bram was in twintig jaar nog nooit te laat op zijn werk verschenen.

Daarna belde hij met zijn privételefoon zijn vrouw.

'Ik ben er met een kwartiertje. Ik moet iets met je bespreken.'

'Iets ernstigs?'

'Iets, eh... hoe zal ik het zeggen... iets leuks.'

'Daar ben ik altijd voor in, schat, dat weet je.'

73

16.50 uur – Flat van Wil

'Wie daar?' vroeg hij in de intercom.

'Ik ben het, Harry.'

Het was even stil. 'Wat moet jij nou hier?'

'Ik moet je even spreken. Ben je alleen?'

'Nee, Ans is er. Hoezo?'

'Het is beter als zij niet hoort wat we te bespreken hebben.'

Weer bleef het even stil.

'Ik kom zo beneden met de hond,' zei Wil.

Boven in de flat liep Wil de woonkamer weer in.

'Wie was het?' vroeg zijn vrouw.

'Iemand van de Nuon. Ik word gek van al die gasten aan de deur. Ik heb trouwens zin om een frisse neus te halen. Ik ga effe een stukkie lopen met de hond.'

'Huh? Wacht je niet tot na het eten?'

'Nee, ik wacht niet tot na het eten.'

Zijn vrouw keek hem na toen hij de gang in stapte en de hond riep. Ze vond dat hij raar deed de laatste dagen.

Beneden gekomen groette Wil kortaf zijn broer. Samen liepen ze in de richting van het kleine plantsoentje, dat al bezaaid was met hondendrollen.

Daar liet Wil de hond los en draaide zich naar Harry. 'Wat moet je van me?'

Harry aarzelde een moment en viel toen met de deur in huis. 'Volgens mij heb jij iets te maken met het losgeld dat voor die baby is gevraagd.'

'Hoe weet jij dat nou?' Van verbazing vergat Wil helemaal te ontkennen.

'Dus het is zo?'

Wil besefte dat hij als een kleuter van vier had gereageerd. 'Nee, natuurlijk niet. Ik ben gewoon verbaasd.'

'Als ik er op de een of andere manier achter kom dat je er iets mee te maken hebt, dan lap ik je erbij. Tenzij je me nu vertelt wat je van plan bent.'

Wil dacht na.

Hij keek naar zijn hond, die een stukje verderop op het grasveldje tussen het zwerfvuil met een trillende kromme rug zat te kakken.

'Oké,' zei hij toen zacht.

Een kwartier later namen ze kort afscheid op de stoep voor Wils flat. Harry zou zijn mond houden in ruil voor vijftienduizend euro. Dat had hem geen slechte deal geleken. De kans dat ze hem ooit iets zouden kunnen maken achtte hij te verwaarlozen. Hij ging er een nieuwe caravan van kopen.

De broers hadden afgesproken voorlopig geen enkel contact met elkaar te hebben.

74

20.00 uur – Huis van Stork

‘Geen medeleven. Geen gevoel voor rechtvaardigheid. Alleen maar met zichzelf bezig en met haar imago. Om te kotsen.’

Mathieu Stork spuwde zijn gal over de burgemeester. Zijn vrouw Rita had een arm om hem heen geslagen en geluisterd naar het uitgebreide verslag van de gebeurtenissen in de school en op het stadhuis. Ze was het met de analyse van haar man eens. Waarschijnlijk had een oude baas in een opwelling de kinderwagen met baby meegenomen, en kostte het hem vervolgens om de een of andere reden de grootste moeite om het kindje veilig en ongezien terug te krijgen bij de ouders. Mogelijk was-ie als de dood voor de gevangenis, en anders dan toch voor alle heisa. Als deze opa bekend werd als de kerstkindontvoerder kon hij niet meer rustig naar de bakker voor een halfje gesneden wit.

75

Tezelfdertijd – Flat van Wil

Wil begon aan zijn tweede familiezak paprikachips. Zijn vrouw keek hem van opzij aan.

'Ga je lekker?' vroeg ze. 'Dat is je tweede zak al.'

Wil schrok op uit zijn gedachten. 'Ja, ik ga lekker, tenminste, als jij niet gaat lopen zeiken.'

'Ik loop niet, ik zit en ik zeik niet.'

Hij keek haar even minachtend aan en besloot haar verder te negeren.

Belangrijker zaken aan je kop, Staaf, zei hij in zichzelf.

Hij was niet blij met de onverwachte actie van zijn broer. Ten eerste omdat hem dat vijftienduizend euro zou gaan kosten en ten tweede omdat hij vermoedde dat hoe meer mensen er van zijn plan wisten, hoe groter de kans was dat er iets fout zou gaan. Heel even overwoog hij van de hele operatie af te zien, maar hij had voor het eerst van zijn leven groot geld geroken en die kans zou hij zich niet door die eikel van een broer laten ontnemen. Hij realiseerde zich wel dat hij nu voor de rest van zijn leven aan hem vastzat.

'Misschien komt hij ook nog wel eens van pas.'

'Wie komt er van pas?' vroeg zijn vrouw.

'Niks.'

Donderdag 23 december

76

07.05 uur – Stadhuis

Hoofdcommissaris Graven slikte een stripje paracetamol per dag tegen de hoofdpijn en had zich die ochtend vroeg ook nog op twee plaatsen gesneden bij het scheren. Daar plakten nu twee rozerode watjes. Officier van justitie Stork was er niet veel beter aan toe met een baard van drie dagen en van vermoeidheid roodomrande ogen. Alleen mevrouw de burgemeester zag eruit alsof ze elk moment een modeshow voor middelbare dames kon gaan lopen: keurig in het mantelpak, strak gekapt en beschaafd opgemaakt.

Ze liet zich door Graven bijpraten over de schema's voor het uitkammen van de wijk. Stork stond erbij en zweeg.

Ondertussen maakten een stuk of veertig rechercheurs zich klaar om de huizen langs te gaan. Er waren tien teams geformeerd die elk de straten hadden doorgekregen waar ze huis aan huis moesten aanbellen en controleren of er een oude man met een baby in de betreffende woning aanwezig was.

Er werd op de deur van de kamer van de burgemeester geklopt. In de deuropening verscheen agent Braspenning. De drie aanwezigen keken op.

'Zeg het eens, Bram,' zei Graven met een blik die niet veel vertrouwen uitstraalde.

Bram stak zenuwachtig stotterend van wal. 'Ik eh... ik heb zo... zonet nog eens alle tips door... eh... genomen en ik geloof dat er toch wel wat bij zit.'

'En had je daar niet eerder mee kunnen komen?' zei de burgemeester geïrriteerd.

Graven negeerde haar. 'Vertel, Bram, wat heb je gevonden dat eerder nog niemand is opgevallen?'

'Nou, eh, nu waren alle tips pas uitgewerkt en blijkt er één mevrouw al meerdere keren gemeld te hebben dat ze een baby heeft gehoord bij een oude buurman van haar. En dat is in een straat die precies klopt.'

'Klopt met wat?' vroeg Stork.

'Met de buurt waar de dader waarschijnlijk woont. In de Vermeerstraat. Op nummer 227.'

'En waarom kom je daar nu pas mee?' drong Schaarsberg Donk aan.

'De lijst is net pas af, mevrouw. Een collega vroeg of ik ernaar wilde kijken.'

Bram Braspenning, door zijn ouders opgescheept met deze opvallende alliteratie, deed vervolgens verslag van de binnengekomen tips. Letterlijk en uit zijn hoofd. Dat maakte indruk.

'Goed werk, Bram. Bedankt. Blijf in de buurt,' complimenteerde Graven hem en hij vervolgde: ‘Daar is niet veel tegen in te brengen, lijkt me. Wat doen we nu? Dit verandert de situatie nogal.’ De commissaris keek naar de burgemeester.

Die dacht heel even na en zei toen: ‘Binnenvallen.’

‘Nou nou, laten we eerst eens even rustig nadenken,’ stelde Stork voor, ‘en intussen de actie om die hele wijk uit te kammen maar even opschorten.’

‘Binnenvallen en uitkammen zit elkaar inderdaad een beetje in de weg, Simone,’ viel Graven hem bij.

De burgemeester aarzelde. ‘Oké, dan stel ik voor dat we nu onmiddellijk een arrestatieteam naar dat adres sturen.’

‘Of twee vrouwelijke agentes. Om niet iedereen aan het schrikken te maken,’ suggereerde Stork.

‘Geen sprake van, Mathieu, als dat fout gaat, zijn wij de risee van het hele land. Dit gaan we aanpakken op mijn manier, met een volwaardig arrestatieteam. Heb je dat klaarstaan, Wiebe?’

‘Dat kan met een kwartier op pad.’

‘Met een zeer onvoldoende voorbereiding,’ bracht Stork ertegen in.

‘Er valt niks voor te bereiden en er is geen tijd voor.’

‘Dat klinkt een beetje tegenstrijdig, Simone.’

‘Ik ben dat gesaboteer van jou een beetje zat, Mathieu. We gaan nu daadkracht tonen. Over pakweg anderhalf uur is de kerstbaby terug bij haar ouders.’

‘En dan ga jij zeker...’ Stork maakte zijn zin niet af.

‘Wat ga ik dan zeker?’ vroeg de burgemeester scherp.

‘Als eerste met die ouders op de foto voor in de krant.’

Schaarsberg Donk keek hem woedend aan. ‘Als dat helpt om de burgers van deze stad gerust te stellen, dan doe ik dat inderdaad.’

77

06.30 uur – Flat van Wil

Om half zeven ging de wekker, maar Wil was al wakker. Hij had van de zenuwen nauwelijks geslapen. Hij stapte zo zacht als hij kon uit bed om zijn vrouw niet wakker te maken.

'Jezus, wat heb jij liggen draaien,' klonk het schor naast hem.

'Ik ben Jezus niet.'

'Krijg toch wat.'

Tien voor zeven ging hij de deur uit. Hij had geen hap kunnen eten. Alleen een kop thee gedronken. Hij kreeg nauwelijks de sleutel in het slot van zijn auto, zo beefden zijn handen.

Half acht precies parkeerde hij zijn auto en een minuut later stapte hij de kantine van de stadsreiniging binnen. Om niet te vroeg op zijn werk te komen had hij een half uur rondjes gereden.

Er zaten al een stuk of tien collega's, maar aan groeten werd vroeg in de ochtend niet gedaan. Hij haalde koffie uit de automaat en zocht Schepper. Hij vond hem in zijn gebruikelijke hoek, gebogen over *De Telegraaf*. Wil bromde iets vaags. Schepper bromde als grap heel lang iets onverstaanbaars terug. Dat deed hij iedere morgen.

Al na twee minuten stond Wil op. 'We gaan.'

Verbaasd nam Schepper hem op. 'Ben je ziek of zo, of in de war?'

'Hoezo?'

'In de tien jaar dat ik je ken, ben je nog nooit als eerste weggegaan.'

Wil realiseerde zich dat hij inderdaad anders deed dan normaal en ging weer zitten. Hij was bloednerveus.

Kwart voor acht precies kwam de baas binnen.

'Môge heren. Aan de slag graag. Prettige werkdag.'

Wil kwam langzaam overeind. Hij probeerde zo opvallend mogelijk gewoon te doen.

'Is er iets mis met je, Staaf?' Het was Schepper.

'Wat nou?' vroeg Wil op een toon alsof hij op een punaise was gaan zitten.

'Nou, wat nou? Je hebt je koffie niet opgedronken en je kankert nergens op.'

'Ik heb pijn in mijn harses.'

'Nou, dagje ziektewet dan maar, zou ik zeggen. Je bent dit jaar pas zes keer ziek geweest.'

'Hou toch je kop.'

'Ah, zo ken ik je weer.'

Wil haalde de sleuteltjes van vuilniswagentje nummer 23 van het bord en liep naar de garage. Schepper liep grinnikend achter hem aan. 'Je loopt zelfs harder dan normaal.'

Wil gromde wat en ging langzamer lopen. Verdomme, rustig nou. Rustig nou... vloekte hij in zichzelf.

Even later stapten ze in hun wagentje. Motor aan, kachel aan, radio aan. Langzaam draaide Wil de weg op, naar de eerste vuilnisbak die ze moesten legen.

Het was de zevenentwintigste bak, had hij uitgerekend.

78

06.45 uur – Prinses Margrietschool

Harry nam een slok van zijn koffie. Hij was extra vroeg naar school gegaan om even het rijk alleen te hebben. De politie had de school weer vrijgegeven, de afzetlinten lagen in de prullenbak. De journalisten waren vertrokken, de kinderen en leerkrachten hadden kerstvakantie en directrice Hetty had gebeld om te zeggen dat ze om negen uur een overleg had met het bestuur en pas rond twaalf uur op school zou zijn.

Harry had slecht geslapen. Midden in de nacht was hij wakker geschrokken en had hij zich opeens gerealiseerd dat als ze zijn broer met een tas losgeld zouden pakken, het spoor onherroepelijk naar hem zou leiden.

Hij had zich de rest van de nacht liggen afvragen wat hij in dat geval tegen de politie moest zeggen. Hij had niets kunnen bedenken. Harry was er tamelijk zeker van dat zijn broer, als hij gepakt werd, hem de schuld zo veel mogelijk in de schoenen zou proberen te schuiven. Het was een schrale troost dat Wil dat zonder twijfel ook gedaan zou hebben als Harry niet bij hem op bezoek was gegaan om een deel van de opbrengst te claimen. Nu kon hij er met wat geluk nog een nieuwe caravan aan overhouden.

Hij nam zuchtend een slok. Zijn koffie was koud geworden.

79

07.45 uur – Bij de flat van Hendrik

Schaarsberg Donk had graag een volledig uitgeruste antiterreureenheid met mitrailleurs op pad gestuurd om de flat binnen te vallen, maar ze had zich door Graven laten overtuigen dat dat te veel opviel en mogelijk de ontvoerders zou kunnen alarmeren. In plaats daarvan wachtten nu op drie plaatsen vlak bij de ingang van de flat zes rechercheurs in burger, allemaal met een kogelvrij vest en een pistool onder hun jack.

Aan de achterkant van de flat lagen nog twee rechercheurs in de bosjes om het balkon op zevenhoog in de gaten te houden voor het geval iemand via die ongebruikelijke weg zou willen vertrekken.

Een vrouwelijke rechercheur wachtte vlak bij de entree van de flat tot er een bewoner naar buiten kwam en de buitendeur naar de hal van de flat zou openen. Een oudere dame met een klein hondje stapte de lift uit en drukte op de automatische deuropener. De agente liep naar haar toe en liet haar legitimatie zien. Het dametje excuseerde zich en ging in haar handtas op zoek naar een leesbril om beter op het pasje te kunnen kijken. De vijf andere rechercheurs kwamen aangesneld en gingen de hal binnen. Het hondje begon te keffen en rukte aan de lijn. Een agent probeerde hond en baasje de hal uit te werken en dat lukte uiteindelijk ten koste van een kleine scheur in zijn broek. Stomverbaasd bleef de dame voor de buitendeur staan terwijl haar hondje woedend bleef blaffen. De aandacht van de enkeling op straat was inmiddels getrokken.

Twee politiemannen namen de trap, de overige vier gingen met de lift. Op de zevende etage schoof de deur van de lift open. Ze moesten even wachten op hun collega's die de trap hadden genomen. Zonder geluid te maken stelden twee agenten zich op aan beide kanten van de deur van nummer 227. Nummer vijf en zes hielden een zwaar blok hout klaar om de deur mee in te rammen. Een van deze twee telde af op zijn vingers: drie, twee, een, NU.

Met een enorm gekraak begaf de voordeur het. De agenten die aan beide zijden van de deur klaar hadden gestaan stormden met getrokken pistool naar binnen. Het halletje was leeg. Door naar de huiskamer. Niemand, op de kat na. Ook in de keuken was niemand. Het zag er allemaal nogal lachwekkend uit: zes grote gewapende kerels in het keurige flatje van een keurige oudere heer.

Als laatste bleef over de slaapkamer. Ze gooiden de deur open. Het licht viel op de streepjespyjama van een oudere heer. Daarboven zijn verschrikte hoofd. Ogen wijd open, zijn dunne grijze haren in de war. Mond open van verbazing. De verwarring bij de politiemensen was niet minder groot.

De bewoner van nummer 227 herpakte zich als eerste.

'Goedemorgen heren, kan ik misschien iets voor u doen? Zoekt u iets?'

Een prachtige vraag, gegeven de omstandigheden.

80

07.55 uur – Flat van Hendrik

'Wilt u koffie of wilt u liever eerst het huis uitkammen?' had ik er eigenlijk nog aan toe willen voegen, maar dat leek me te provocerend. In plaats daarvan vroeg ik toestemming om uit bed te komen en informeerde naar de reden voor hun bezoek.

De man die vooraan stond was blijkbaar de commandant van het stel. Hij legde uit dat ze op zoek waren naar een baby, maar dat ze zich 'mogelijk' hadden vergist.

Ik verzekerde hun dat ze zich inderdaad hadden vergist, want dat er in mijn flat nog nooit een baby was geweest. Daarna vroeg ik aan de agenten die overal de kasten aan het inspecteren waren of ze al onder het bed hadden gekeken.

Ik realiseerde me iets te laat dat ik niet ál te bijdehand moest doen. Ik kon het beter houden bij oprechte verbazing.

'Hoe komt u er trouwens bij dat er hier een baby zou zijn? En waarom zou dat een politie-inval rechtvaardigen?' vroeg ik dus.

'Uw buurvrouw hee–' begon een agent naast de commandant, maar verder kwam hij niet, want één blik van zijn baas vertelde hem dat hij onmiddellijk zijn kop moest houden.

'O, mijn buurvrouw... tja, die is eh... laten we zeggen... af en toe nogal in de war,' zei ik zo meelevend mogelijk. 'U kunt wat ze zegt maar beter met een korreltje zout nemen. Ze is erg alleen, ziet u.'

Met een korte hoofdknik stuurde de chef twee van zijn agenten naar de flat naast de mijne en even later hoorde ik haar met een benepen stemmetje zeggen dat ze toch echt een baby had gehoord en dat er verschillende 'rare' mensen bij mij op bezoek waren geweest, onder wie een oude man.

De chef werd weggeroepen, vermoedelijk voor overleg. Vijf minuten later kwam hij terug.

'Uw buurvrouw beweert dat er gisteren een oudere meneer bij u op bezoek was en een donkere mevrouw. Klopt dat?'

'Zeker. Die donkere mevrouw is mijn schoonmaakster en die meneer was iemand van de kerk.'

'Iemand van de kerk?'

'Ja, ik ben zelf al jaren niet meer gelovig, maar zo af en toe komt er nog eens iemand langs om mij te overtuigen van het bestaan van een barmhartige God. Die geef ik dan een kopje thee en hoop dat hij niet te lang blijft plakken.'

'Uw buurvrouw zei dat het een vriend van u was.'

'Nee hoor, ik had de goede man nog nooit gezien.'

De agent informeerde naar de namen. Ik gaf hem naam en telefoonnummer van mijn schoonmaakster en vertelde hem dat ik van de meneer van de kerk alleen wist dat hij Anton heette en dat hij uit Utrecht kwam. Daar nam mijn ondervrager genoegen mee. Een agent kwam fluisterend vertellen dat ze niks hadden gevonden.

'Ook geen sporen? Een vieze luier, kleertjes, babyvoeding?' fluisterde zijn baas terug. Hij hoopte, denk ik, dat ik een beetje doof was.

'Nee, helemaal niks.'

De chef richtte zich nu weer tot mij en begon omstandig zijn excuses aan te bieden. Er was blijkbaar sprake van een vervelend misverstand. Hij zou zo spoedig mogelijk iemand sturen om de schade aan de deur te herstellen. Verder bood hij tot drie keer toe aan om slachtofferhulp voor mij in te schakelen.

Dat weigerde ik beleefd, ook drie keer.

'Ik ga proberen op eigen kracht van de schrik te bekomen,' zei ik, 'en u komt er zelf ook wel weer op eigen kracht uit, neem ik aan.' Ik knikte naar de deur.

Half achteruitlopend vertrokken alle agenten weer naar buiten. De laatste probeerde tevergeefs de deur achter zich dicht te trekken. Die ging tweemaal vanzelf weer open en toen liet de agent het er maar bij.

Even overwoog ik om nu meteen bij de buurvrouw aan te bellen om belangstellend te informeren naar haar verhaal, maar ik was óp van de spanning en de emoties. Ik zakte in mijn stoel om er voorlopig niet uit te komen.

81

Elf uur eerder – Bij en in de flat van Hendrik

Rita Stork liep stevig door. Ze sloeg de hoek om en stond in de Vermeerstraat. Ze was een beetje zenuwachtig, maar op een prettige manier. Ze vond het een eer om door haar man gevraagd te zijn voor deze undercoveroperatie. Mathieu en zij waren het eens geweest: ze zouden een poging wagen de loop der dingen enigszins in het voordeel van de ontvoerder bij te sturen. Een hele wijk uitkammen kon altijd nog.

'En als de baby zonder gedoe weer bij de ouders terugkomt, is de schade aan de reputatie van de burgemeester mooi meegenomen,' had Mathieu tevreden geconcludeerd.

Ze wisten ook dat er flinke risico's aan verbonden waren. Mocht iemand er ooit achter komen dat de hoofdofficier van justitie zijn vrouw had ingeschakeld om een geheime politieoperatie min of meer te saboteren, dan stond die hoofdofficier op straat en lonkte, in zijn eigen woorden, 'de penitentiaire inrichting'.

Rita had geglimlacht: 'Klinkt best chic eigenlijk. Er

zijn vast mensen die denken dat het om een soort kuuroord gaat.'

Mathieu had het haar twee keer gevraagd. 'Je wilt het echt, hè?'

Ze wilde het echt.

Gelukkig was het rustig op straat. Rita bestudeerde zo onopvallend mogelijk de naambordjes.

Zevende etage, nummer 225, mevrouw Van Duivenbode.

Dat was haar, de dame die twee keer de politie had gebeld. Ze had waarschijnlijk twee buren, want er stonden bij elke etage drie nummers en namen. Ze aarzelde even. Zou ze bij beide buren aanbellen? Uiteindelijk besloot ze zich aan het oorspronkelijke plan te houden dat ze samen met haar man had gesmeed: de overvaltactiek.

Ze bekeek de bordjes van de andere etages. Haar keus viel op *Mevr. R.H. Peerdeman* en *Mevr. De Bruijn*. Ze belde aan.

Er klonk eerst gekraak en toen: 'Wie is daar?'

'Mevrouw Peerdeman, ik ben het, mevrouw De Bruijn van nummer 264. Ik heb mijn sleutel van de benedendeur thuis laten liggen en nu kan ik de hal niet in. Wilt u even voor mij opendoen?'

Het bleef even stil. Mevrouw Peerdeman leek te aarzelen.

'Ik ben geen vreemde, hoor, u kunt me binnenlaten.' Rita wierp weer een blik op de naambordjes. 'Ik ben de buurvrouw van meneer Amrani.'

Weer was het even stil. Toen klonk de zoemer van de deuropener.

'Dank u wel, mevrouw Peerdeman.'

'Tot uw dienst, mevrouw De Bruijn.'

Op Rita's gezicht verscheen een brede glimlach. Ze hield van onverwachte avonturen en dit was heel bijzonder. Ze was in een politieserie terechtgekomen en speelde er zelfs een hoofdrol in. De eerste barrière was eenvoudig genomen. Nu deel twee: de flat zelf binnenkomen. Ze nam de lift naar de zevende etage. Er kwamen drie deuren uit op het halletje bij de lift. Ze bestudeerde de naambordjes. Mevr. Van Duivenbode. Daar moest ze uit de buurt blijven. Op het tweede naambordje stond Fam. Yilmaz. Dat was vermoedelijk geen man alleen. Op de derde deur zat een keurig bordje: H.E. Groen. Dat moest hem zijn. Haar hart klopte in haar keel. Ze haalde onhoorbaar diep adem en belde aan. Er gebeurde niets. Ze belde nog een keer. Na een paar seconden werd er een sleutel omgedraaid en ging de deur op een heel klein kiertje open. Daarachter verscheen een oog. Rita deed wat ze vooraf had bedacht: ze keek het oog doordringend aan, legde heel nadrukkelijk haar wijsvinger op haar lippen en duwde tegelijkertijd met haar andere hand de deur verder open, tot de kier groot genoeg was om naar binnen te glippen. Ze deed de deur snel achter zich dicht, hield daarna even haar handen in de lucht alsof ze zich overgaf, legde opnieuw een wijsvinger op haar lippen en gebaarde naar de beschaafd uitziende oudere heer die haar had opengedaan dat hij naar de huiskamer moest lopen. Hij was volkomen overbluft en liep als een mak schaap voor haar uit.

'Wie is het, Henkie?' vroeg een mannenstem vanuit de huiskamer.

‘Eerlijk gezegd weet ik het niet,’ antwoordde de eerste man terwijl hij de kamer binnenging.

‘Ik zal me even voorstellen,’ zei Rita, ‘ik ben Rita en ik kom om te helpen. Tenminste, als hier aan de gang is wat ik vermoed dat er aan de gang is.’

‘Nou, Rita, wat vermoed je dan zoal?’ vroeg de aanmerkelijk rommeliger ogende man die op de bank zat, met één been rustend op een ouderwetse poef.

‘Dat jullie misschien per ongeluk een baby’tje hebben meegenomen en nu wat problemen hebben om het terug te krijgen bij de ongeruste ouders.’

Twee monden vielen wagenwijd open van verbazing.

Rita moest lachen en vervolgde: ‘De enige voorwaarde is dat jullie geen vragen stellen.’

82

08.30 uur – Stadhuis

Mathieu Stork deed zijn uiterste best om niet triomfantelijk over te komen maar het lukte niet helemaal. De burgemeester op haar beurt probeerde tevergeefs haar woede te verbergen.

'Van wie kwamen die tips dan?'

'Van een achterdochtige oude buurvrouw die iets te veel fantasie had,' antwoordde commissaris Graven.

Stork kon het niet laten. 'Misschien was het toch beter geweest om eerst even twee vrouwelijke agenten langs te sturen om eens te informeren.'

'Ja, Mathieu, achteraf, achteraf, achteraf. En daarbij,' vervolgde Schaarsberg Donk, 'was het besluit om op te treden genomen met instemming van de complete driehoek burgemeester, politie en OM, laat dat duidelijk zijn.'

Stork kneep zijn ogen tot spleetjes en keek haar lang aan.

'Eerlijk is eerlijk, Simone, maar het was niet het besluit van Mathieu, zelfs al lag formeel de bevoegdheid bij hem,' schoot Graven onverwacht zijn OM-baas te hulp.

'Hoe het besluit tot stand is gekomen, blijft binnen de muren van deze kamer. Dat eis ik.'

Opnieuw keek Stork haar alleen maar aan.

'Iets heel anders,' zei Graven nu, 'er schijnt een journalist lucht te hebben gekregen van onze actie van hedenmorgen. Het zou zomaar kunnen dat er vanmiddag een stuk in het *Noordhollands Dagblad* staat.'

'Reden te meer om de gelederen gesloten te houden,' zei Simone Schaarsberg Donk, 'en eind van de morgen een persconferentie te beleggen.'

'En het uitkammen van de wijk?' vroeg Graven.

'Dat wordt tijdelijk uitgesteld.'

Stork kon een minzaam lachje niet onderdrukken. 'Wat ben je toch een verstandige vrouw, Simone. Wil je misschien met me wedden om een mooie fles wijn dat de baby vóór vanavond ongedeerd is terugbezorgd?'

'Ik wed nooit.'

83

08.45 uur – Huis van de ouders van de baby

Het werd langzaam licht. Rita wandelde met de kinderwagen door het parkje richting de Van Tellegenstraat. Het was lang geleden dat ze met een kinderwagen had gelopen, maar het kostte haar weinig moeite het er doodgewoon uit te laten zien. Daarbij was er nog vrijwel niemand op straat. Twee straten voor de Van Tellegenstraat stopte ze. Ze zwaaide heel even naar een donkere personenauto die even verderop geparkeerd stond. Daarna draaide ze zich om, liep een stukje terug en sloeg een zijstraat in. De kinderwagen bleef achter onder een lantaarnpaal.

Een halve minuut later ging tweehonderd meter verderop de deur van een huis in de Van Tellegenstraat open en renden achter elkaar een agent en de vader van Sabine naar buiten. Iets daarachter kwam de moeder naar buiten in haar peignoir. Vanuit twee auto's aan de overkant van de straat werd geflitst. De twee mannen en de vrouw sloegen de hoek van de straat om.

De bestuurder van de personenauto zag ze aan komen

rennen, startte zijn motor, deed zijn lichten aan en sloeg de hoek om.

De agent kwam als eerste bij de kinderwagen aan en keek erin. Hij draaide zich om naar de vader en moeder en stak juichend een arm in de lucht.

'Yes!'

De vader struikelde, viel en stond weer op, kwam bij de kinderwagen, boog voorover en pakte heel voorzichtig een klein hoopje dekentje op. Er stak een mutsje bovenuit. Tranen liepen over zijn wangen. Een paar tellen later arriveerde de moeder. Samen hielden ze hun baby vast, samen huilden ze.

Na twee minuten vroeg de agent bedeesd of ze niet beter naar binnen konden gaan.

'Vanwege de kou, ziet u.'

84

09.00 uur – Stadhuis

Stork en Graven waren erbij gaan zitten. Simone Schaarsberg Donk liep heen en weer door de kamer met een telefoon aan haar oor.

'Nee, er is niets gevonden. We hadden aanwijzingen dat... Nee... ja, dat klopt. Er schijnt een journalist iets gezien te hebben.'

Ze stond even stil en sloot een paar seconden haar ogen. Haar gezicht stond strak. Ze schudde langzaam haar hoofd, alsof ze het nog steeds niet kon begrijpen.

'We hebben de kranten gebeld met het verzoek eventuele informatie nog even onder de pet te houden,' ging ze verder.

Graven frunnikte aan zijn snor. Stork keek op zijn horloge.

'Dat weet ik niet. Het kan zijn dat...'

De deur ging open. Er stond een agent in de deuropening die overduidelijk iets wilde zeggen. De burgemeester keek verstoord en trok vragend haar wenkbrauwen op.

‘Een heel belangrijk telefoontje op lijn drie, burgemeester.’

‘Excuseer, maar er schijnt een ontwikkeling te zijn. Hebt u een ogenblikje... Goed, ik bel u zo dadelijk terug.’

Ze legde de ene telefoon neer en nam een andere op.

‘Met burgemeester Schaarsberg Donk.’

Ze luisterde aandachtig. Er verscheen iets op haar gezicht dat het midden hield tussen verstoord kijken en een uitdrukking van ongeloof.

‘Dank je.’

Ze keek naar de hoofdofficier van justitie en de hoofdcommissaris. Ze liet een korte stilte vallen.

‘De baby is terecht. Ongezien afgeleverd door een onbekend persoon op de hoek van de straat waar het ouderlijk huis zich bevindt.’

Graven slaakte een diepe zucht van opluchting en Stork straalde van oor tot oor. Ze gaven elkaar een klap op de schouder. Stork richtte zich tot de burgemeester.

‘Simone, mijn beste, je bent helemaal niet blij, lijkt het wel. Als je straks met zo’n zuur gezicht de pers te woord staat, zal dat je imago geen goeddoen. Probeer eens wat warmte uit te stralen.’

Simone had hem het liefst zijn tong uitgerukt, maar perste er met heel veel moeite een glimlach uit.

‘Natuurlijk ben ik blij. Heel blij zelfs. Het moet alleen nog even tot me doordringen dat we deze zaak tot een goed einde hebben gebracht.’

Tegenover haar gingen twee paar wenkbrauwen omhoog.

Toen zei de politieman toegeeflijk: ‘Een heel goed

einde, ja, maar... wat doen we nu met die ontvoerder van het losgeld?'

'Oppakken natuurlijk.'

'Moeten we wel nog een paar uur stilhouden dat de baby terug is,' zei Graven.

'Ik vind alles best,' zei Stork met een brede grijns.

Simone Schaarsberg Donk keek hem even achterdochtig aan.

85

09.15 uur – Huis van de ouders van de baby

Het was ontroerend om te zien hoe blij en opgelucht Maartje en Johan Verbeek waren. Ze hielden Sabine om de beurt vast, en af en toe tegelijk. Ze gaven licht van geluk. Sabine zelf was al snel in slaap gevallen, maar haar moeder bleef met het slapende meisje op schoot zitten en streelde de babyhandjes. Af en toe gleed er een traan van geluk over haar wang naar beneden.

Maartje wilde nu graag thee en haar man ging naar de keuken om die te zetten.

Een paar minuten later werd er aangebeld. Johan deed open, de theepot in een hand. Er stonden twee nieuwe rechercheurs voor de deur.

'Goedemorgen, meneer. We willen graag even met u overleggen over de aanpak van de man die losgeld heeft geëist.'

In de euforie had Johan daar geen moment meer aan gedacht.

'Ach natuurlijk, komt u binnen. Wilt u ook thee?'

Toen ze binnen op de bank zaten, zei de oudste van

de twee: 'U hebt geen enkele verplichting, meneer. We kunnen ook een stand-in gebruiken. Om eerlijk te zijn zou ik u dat aanraden, na alle emoties van de afgelopen dagen. Er staat tenslotte geen baby meer op het spel.'

Johan was er snel uit.

'Gebruikt u maar een stand-in. Dan kan ik ook niks fout doen.'

Hij keek opzij. 'Toch, Maartje?'

Maartje had alleen oog voor haar kindje.

'Dat is goed, meneer. U weet dat u de komende uren nog tegen niemand mag zeggen dat uw dochter terecht is?'

Johan keek even niet-begrijpend.

'Maar dat heb ik al gedaan.'

'Hebt u al gedaan? Heeft niemand u verteld dat u daarmee nog een paar uur moest wachten?'

'Nee. Maar ik heb alleen nog maar mijn ouders en schoonouders gebeld. En de school. Ik dacht... ze zullen zich daar wel ontzettend ongerust maken.'

'Wie kreeg u aan de lijn?'

'Mijn vader.'

'Nee, op die school.'

'Een meneer. Hij zou het doorgeven.'

'Was het de conciërge?'

'Dat weet ik niet.'

De rechercheur belde meteen de Prinses Margrietschool. In gesprek.

86

09.20 uur – Prinses Margrietschool

Harry belde met zijn mobiel voor de tweede keer zijn broer.

'Dit is de telefoon van Wil. Ik kan effe niet opnemen. Probeer het later nog maar eens.'

Wil belde, uit zuinigheidsoverwegingen, nooit terug. Als iemand hem wilde spreken, moest die iemand hém ook bellen en niet andersom. Zo zat dat, volgens Wil.

Als je nu niet opneemt, kon je dat wel eens heel veel gaan kosten, eikel, dacht Harry en hij toetste voor de derde keer het nummer van zijn broer.

'Tyfus nog an toe,' vloekte hij, want halverwege bedacht hij dat zijn broer natuurlijk niet thuis was, maar op zijn werk. Hij legde de telefoon neer en was achteraf blij dat hij niet zijn schoonzus aan de lijn had gekregen. Dan had hij met zijn mond vol tanden gestaan.

Koortsachtig probeerde hij na te denken. Als hij zijn broer niet bijtijds kon bereiken, was het zeker dat die met open ogen in de armen van de smerissen zou lopen zodra hij het losgeld ergens in ontvangst zou nemen of zou ophalen. Er was immers geen ontvoerde baby meer.

De telefoon van de school ging over.

Hij zal toch niet terugbellen naar het nummer van de school? vroeg Harry zich in paniek af. Die wordt afgeluisterd.

'Prinses Margrietschool, met Van Staveren.'

'U spreekt met de politie. Bent u degene die zojuist is gebeld door de heer Verbeek?'

'Eh... ja, dat klopt, hoezo?'

'Wat de heer Verbeek u heeft verteld met betrekking tot de ontvoering mag nog onder geen voorwaarde openbaar worden. Dat wil zeggen dat u een absolute zwijgplicht hebt.'

'O? Daar heeft-ie niks over gezegd.'

'U hebt niet inmiddels al andere mensen ingelicht?'

'Nee, nee.' En Harry bedacht dat dat jammer genoeg nog klopte ook.

'Niemand?'

'Alleen de directrice van de school. Als ik die niet bel, word ik ontslagen.'

'Wilt u onmiddellijk uw directrice bellen en zeggen dat er nog niet over gesproken mag worden dat de baby terecht is?'

'Ja, natuurlijk, natuurlijk.'

Na een korte stilte groette de agent en hing op.

Harry raakte nu toch een beetje in paniek. Hij zocht in het telefoonboek het nummer van Wils werk en toetste het in op zijn mobiel.

'Stadsreiniging.'

'Ik zoek dringend mijn broer Wil, Wil van Staveren. In verband met een ernstig zieke in de familie.'

'Meneer Van Staveren rijdt op dit moment zijn route.'

'Kunt u mij misschien zeggen hoe die route loopt?'

87

09.30 uur – Eerstehulppost

'Nou, dat staat u best goed, dat gips. Mocht u geen kleurtje kiezen?'

'Nee, alleen wit of zwart.'

Evert zat in een rolstoel die door Jenny het ziekenhuis uit werd geduwd.

'Zou leuk zijn: zwart gips voor witte mensen en wit gips voor zwarte mensen. Dan kun je beter zien dat er iets gebroken is,' lachte Jenny. Ze gaf Evert een klopje op zijn schouder.

Nog even en ze knijpt gezellig in mijn wang, vreesde Evert.

Er scheen een waterig zonnetje, de wereld zag er vriendelijk uit.

'Waar gaat de reis nu naartoe, meneer Evert?'

'We gaan naar Mo. Die zit al een tijdje op ons te wachten. Dat beest moet er nodig even uit. Kun jij misschien straks...'

'Ho ho, ik wil veel voor u doen, maar ik laat geen honden uit. Dat is niks voor mij. Heb je wel eens een

Surinaamse met een hond gezien?'

Evert besloot Hendrik straks te vragen of hij nog een keer Mo wilde uitlaten. Zijn vriend had beloofd rond half elf langs te komen, als hij weer een beetje was bekomen van alle opwinding.

Jenny stopte met de rolstoel naast een oude Opel, deed de deur aan de passagierskant open en werkte Evert met wat sjorren en trekken uit de rolstoel en in de auto.

'Hé, hé, rustig, rustig, m'n andere been is nog buiten. Dat moet ook mee.'

Jenny duwde onverstoorbaar door tot alles binnen was, klapte de rolstoel in en deed die in de kofferbak. Het paste niet helemaal, maar met een stukje touw en een halfopen achterbak kwam het toch goed. Ze stapte in.

'Zo, gezellig, hè? Stukje rijden samen. Wat is het adres?'

88

09.40 uur – Vuilniswagentje

Wil vloekte binnensmonds. Hij had het toch niet helemaal goed uitgerekend. Over hooguit een half uurtje waren ze al bij de bak die hij had uitgezocht. Twintig minuten te vroeg. Hij moest nu bellen. Naast hem zat zijn collega Rinus mee te hummen met 'I'm Dreaming of a White Christmas' op de autoradio.

'Ken jij de volgende bak doen? Ik moet hier effe bellen. M'n vrouw is ziek.'

Rinus keek verwonderd op.

'Heb jij een mobiel tegenwoordig?'

'Ja, sinds kort. Ik ben een beetje bezorgd over mijn vrouw.'

Dat klonk vreemd uit de mond van Wil. Hij had het nooit over zijn vrouw, ziek of niet ziek.

'Staaf, wat is er met je aan de hand? Je bent je eigen niet vandaag.'

'Ik leg het je later nog wel eens uit. Neem jij die volgende bak nou maar.'

De twee vuilnismannen stapten uit. Rinus liep naar

de bak die geleegd moest worden, Wil ging een eindje verderop staan en haalde zijn nieuwe prepaidtoestel uit zijn zak en het papiertje met het nummer van de ouders van de baby. Hij oefende zachtjes nog even zijn vervormde stem.

89

09.50 uur – Harry, in zijn auto

Harry keek op het schetsje dat hij had gemaakt van de route die zijn broer die dag zou afleggen met het vuilniswagentje. Ze hadden bij de stadsreiniging wel een beetje raar opgekeken toen hij gehaast en zenuwachtig binnen was komen lopen met de mededeling dat hij met grote spoed zijn broer, Wil van Staveren, moest spreken.

'Iets ernstigs in de familie,' had hij gezegd.

Toen de beheerder van het gebouw hem vragend had aangekeken, had hij het herhaald: 'Iets heel ernstigs in de familie.'

De man had hem, na enig aarzelen, meegenomen naar het routebord in de kantine en Harry had, zo snel als hij kon, de route nagetekend die Wil zou rijden die dag. Zonder te bedanken was hij daarna naar buiten gelopen en weer in zijn auto gesprongen.

Even later bleek dat hij te gehaast te werk was gegaan, want hij kon geen wijs meer uit zijn eigen tekening. In paniek en op goed geluk reed hij nu kriskras door de wijk op zoek naar een wagentje van de stadsreiniging. Eén keer meende hij in de verte iets te zien wat erop leek, maar dat bleek een Canta in vrachtwagenuitvoering te zijn.

Godverju, Wil, waar ben je nou?

In gedachten zag hij zichzelf al in een cel zitten. Een tweepersoonscel, samen met zijn broer.

Daar! Deze keer wist hij het zeker. Een wagentje met het gemeentelogo. Hij gaf extra gas, haalde de vuilniswagen in, ging ervoor rijden en trapte hard op de rem.

90

09.50 uur – Stadhuis

Graven plukte tijdens het praten aan zijn snor.

'Dus ik heb op dit precieze moment een rechercheur rondlopen die een beetje op die vader lijkt en die een Albert Heijn-tas vol geld naar een vuilnisbak in de Breitnerstraat gaat brengen. En er zijn een stuk of tien van mijn mensen in allerlei vermommingen op weg naar diezelfde vuilnisbak, voor een heterdaadje. Goeie kans dus dat we die namaakontvoerder kunnen arresteren.'

'Dat is tenminste iets,' liet de burgemeester zich ontvallen. Ze schrok er zelf van. 'Dat is mooi,' zei ze er snel achteraan.

Het was hoofdofficier Stork niet ontgaan.

'Nog steeds een beetje teleurgesteld, Simone, dat die baby zomaar uit zichzelf is teruggekomen? Zonder kordaat ingrijpen van ons? Zonder uitgekamde wijk?'

Simone Schaarsberg Donk liet zich niet verleiden tot een reactie, maar je kon haar tanden bijna horen knarsen.

'Ja, gelukkig. Blij dat die hele actie als een nachtkaars

is uitgegaan,' strooide de commissaris onbedoeld nog wat zout in de wonde bij de burgemeester.

'Hoe laat is de persconferentie?' vroeg ze.

'Pas nadat we die man van het losgeld hebben opgepakt.'

'Dat kan ik natuurlijk niet zeggen tegen mijn persvoorlichter.'

Mathieu Stork stelde voor dat ze zou zeggen dat ze in het belang van het onderzoek nog niet kon zeggen hoe laat de persconferentie was. Hij hield daarbij zijn hoofd een beetje zogenaamd guitig scheef.

Simone Schaarsberg Donk ontplofte bijna.

91

09.51 uur – Vuilniswagentje

Wil vloekte hartgrondig en begon vast aan een serie verwensingen tegen die idioot die vlak voor hem op zijn rem was gaan staan, waardoor hijzelf ook een noodstop moest maken. Halverwege een ziekte stopte hij abrupt toen hij zijn broer Harry uit de wagen voor hem zag stappen.

'Krijg nou wat. Wat moet jij hier?'

Rinus zat een beetje verdwaasd naast hem op de stoel. Hij was met zijn hoofd tegen de voorruit geknald en voelde of het bloedde. Toen keek hij opzij en vroeg aan Wil: 'Ken je die mafkees?'

'Dat is m'n broer.'

'Lekkere broer is dat!'

Harry stond intussen wild te gebaren dat Wil naar hem toe moest komen. Wil stapte uit en Rinus wilde volgen, maar werd door Harry terug het karretje in geduwd.

'Ik moet hém effe alleen spreken. Jou niet.'

Beduusd ging Rinus weer op de bijrijdersstoel zitten.

Harry trok Wil mee tot ze buiten gehoorsafstand waren.

'Wat is er nou, man, je gooit de hele zaak in het honderd.'

'De baby is terecht.'

'Huh?'

'Die ontvoerde baby is terecht. Waar is dat losgeld?'

'Dat moet ik nog ophalen. Hier aan het einde van de straat de hoek om.'

'Nou, je laat het maar liggen. Ze zitten je op te wachten.'

Langzaam drong het tot Wil door dat hij op één minuut afstand was van het grootste bedrag dat hij ooit in zijn leven zou hebben gezien. Hij kon de biljetten van vijftig al bijna tussen zijn vingers horen knisperen. Geld voor bier, voor een nieuwe tv, een nieuwe auto en een seizoenkaart van AZ. Maar dat hij hier rechts af moest slaan in plaats van links af en honderdduizend euro in een vuilnisbak moest laten liggen. De tranen sprongen hem in de ogen.

Ook Harry had het zwaar. Hij zag zijn gloednieuwe caravan in rook opgaan.

'Hé, gaan we nog?' riep Rinus vanuit de vuilniswagen.

Wil beende terug naar zijn chauffeursstoel, ramde de deur bijna uit zijn hengsels, startte de motor en gaf plankgas. Hij ging bij de volgende hoek rechts. Links van hem zag hij in de verte de vuilnisbak met daarin zijn dromen. Hij meende zelfs een stukje van een AH-tas eruit te zien steken.

'Hé, Staaf, je gaat verkeerd.'

‘Nee, we gaan nu legen en hou verder je bek.’

Rinus keek geschrokken opzij en had voor de verandering geen bijdehand antwoord paraat.

92

14.00 uur – Stadhuis

'Kunt u mij vertellen waarom het zo lang heeft geduurd voor u bekendmaakte dat de baby in goede gezondheid was teruggebracht?' vroeg de verslaggever van *RTL Boulevard*.

De persvoorlichtster van het stadhuis keek even opzij naar de burgemeester. Die knikte met een zuur gezicht.

'Het vermoeden was gerezen dat er meerdere daders waren van de kidnapping en we wilden proberen deze alsnog te pakken te krijgen,' meldde de voorlichtster.

'Is er losgeld gevraagd, en zo ja, hebt u de dader of de daders gepakt?' vroeg een andere journalist.

De voorlichtster aarzelde en keek weer opzij.

'Daar kunnen we in het belang van het verdere onderzoek op dit moment nog geen mededelingen over doen.'

93

Tezelfdertijd bij Evert thuis

Op de oude driezitsbank recht voor de televisie zaten Rita, Jenny en ik zeer tevreden naar het nieuws te kijken, met in de ene hand een glaasje nepchampagne en in de andere hand een moorkop. Op de lokale televisie was het rechtstreekse verslag van de persconferentie.

'Losgeld? Hoe komen ze daar nou weer bij?' vroeg Evert zich stomverbaasd af. Hij zat in zijn oude leren leunstoel met zijn gipsvoet op een salontafeltje voor hem. Pal naast de stoel lag Mo te slapen.

'Hé, Henkie, heb jij stiekem losgeld gevraagd?'

'Nee, stom dat ik daar niet aan heb gedacht,' antwoordde ik.

Intussen was op de televisie het hoofd van officier van justitie Stork verschenen. Een journalist vroeg of er nog iemand vervolgd ging worden.

'Nou, dat lijkt me onwaarschijnlijk,' antwoordde hij met een uitgestreken gezicht.

Er ging een gejuich op in Everts huiskamer.

'Zag je dat? Zag je dat?' riep Rita. 'Hij gaf een knipoog, echt waar. Wat een schat is het toch.'

Hendrik en Evert keken Rita met open mond aan.

'Ken je die man dan?' vroegen ze vrijwel in koor.

Rita lachte een beetje schaapachtig. Ze aarzelde.

'Dat is mijn man.'

Mijn hersenen kraakten en Evert keek naar Rita alsof ze in een panda was veranderd.

'Ik geloof dat het me een beetje begint te dagen, Rita,' zei ik.

Evert schudde met zijn hoofd.

'Nou, leg maar eens uit dan, want ik snap er de ballen van.'

'Die meneer daar op tv had wat voorkennis, die hij gebruikte om zijn vrouw eropuit te sturen om ons te helpen. Zeg ik het zo goed, Rita?'

'Zo ongeveer. Mijn Mathieu heeft een beetje heen en weer gerommeld met de tips die bij de politie binnen waren gekomen.'

'Wauw.' Meer kon Evert niet uitbrengen.

'Zwijgen als het graf uiteraard, heren,' zei Rita streng.

Evert en ik knikten ons hoofd er bijna af.

'O, kijk, kijk!' riep Jenny.

De televisieverslaggever meldde dat ze overschakelden naar de gelukkige ouders.

De camera zoomde in op een kinderbedje. Er stak een klein handje onder het dekentje uit, en een paar krulletjes.

Ik moest een paar keer hevig slikken en Evert dronk in één teug zijn glas leeg en kreeg opeens last van zijn oog.

Wil van Staveren kreeg van dit alles niets mee. Hij trok zijn zesde blik bier open en staarde glazig uit het raam.

Zijn broer Harry stond, binnensmonds vloekend, in een gymzaal een veel te klein kerstboompje af te tuigen.

Fragment

Hendrik Groen

Arthur Ophof had zich het leven toch anders voorgesteld. In plaats van spectaculaire reizen te maken naar verre landen, staat hij vier keer in de week in de file van Purmerend naar Breukelen én in de file van Breukelen naar Purmerend. Groots en meeslepend kun je zijn uitgebluste, kinderloze huwelijk en zijn autovrije hofje voor de deur niet noemen. De vrijdagmiddagen met zijn drie vrienden zijn nog het enige hoogtepunt van de week.

En hij wordt vijftig, dus de tijd begint te dringen.

Maar als zijn werkgever hem 'helaas' moet ontslaan en hij er een riante ontslagvergoeding uit weet te slepen, openen zich onverwachts mooie perspectieven op een geheel nieuw leven...

1

‘Ik zit in het wc-papier.’

Dat is het flauwe antwoord dat ik al drieëntwintig jaar geef als iemand vraagt wat ik doe voor de kost. Zo lang werk ik namelijk al bij een groothandel in wc- en schoonmaakartikelen. Zesendertig uur per week. Maandag tot en met donderdag van 8.00 uur tot 17.45 uur met tussen de middag drie kwartier pauze. Daarvan besteed ik twintig minuten aan het opeten van mijn boterhammen en mijn appel en daarna maak ik een wandelingetje van twintig minuten over het bedrijventerrein van Breukelen. Halverwege trakteer ik mezelf, bij wijze van toetje, op een kalfskroket bij snackkar Friet van Piet. Piet zelf is al jaren dood. Hij heeft op een kwade dag een hartaanval gekregen en is voorover in zijn vitrine gevallen, tussen de huzarenslaatjes en de kroketten. De enige aanwezige klant was een Poolse vrachtwagenchauffeur. Die belde meteen 112 maar sprak geen woord Nederlands. En de mevrouw van de meldkamer sprak geen Pools. Dat schoot niet erg op. Toen de ambulance na vijfendertig minuten arriveerde kon er niets meer voor Piet worden gedaan. Trees, de vrouw van Piet, heeft de handel overgenomen. Jammer dat ze niet Jet heet. Kroket van Jet had me wel een aardig alternatief geleken. Ik stoor me eigenlijk een beetje aan het feit dat er nog steeds een groot bord met FRIET VAN PIET op het dak staat. Trees zegt dat dat een hommage aan Piet is. Het woord 'hommage' past niet zo bij Trees. Ook niet bij Piet trouwens.

Vijf minuten voordat mijn lunchpauze voorbij is installeer ik me weer achter mijn bureau en controleer de mail op nieuwe bestellingen.

Aan het bureau tegenover me werkt Berend, die zichzelf de financiële man van het bedrijf noemt. Hij verstuurt de rekeningen. Een paar meter verderop zit Marieke, de secretaresse van de directeur. De directeur zelf, meneer Hertog, heeft een eigen kamer met een wortelnotenhouten bureau. Als er nieuwe klanten bij hem op bezoek komen streelt Hertog even zijn bureau en zegt dan: 'Mooi hè. Echt wortelnotenhout.' Het is het bureau van zijn vader geweest, Hertog senior, die zich nog eens per week op kantoor vertoont om daar opzichtig op zijn iPhone te gaan zitten kijken met een blik van: 'Kijk mij als tachtigjarige nog eens bij de tijd zijn.'

Op vrijdag ben ik vrij. Dan ga ik golfen met mijn drie beste vrienden.

2

Mijn naam is Arthur Ophof. Ik woon al vierentwintig jaar in een keurige rijtjeswoning in een jarentachtig nieuwbouwwijk in Purmerend. Het huis is gebouwd in de tijd dat autovrije hofjes erg in de mode kwamen.

Mijn vrouw Afra was destijds heel enthousiast.

'Dan kunnen de kinderen over een paar jaar veilig buiten spelen.'

Het is alleen niet van kinderen gekomen. We hebben jarenlang vergeefs ons best gedaan.

'Het legt wat spanning op de geslachtelijke gemeenschap,' vertelde Afra bij de relatietherapeut.

Alleen al van die twee woorden word ik impotent. Zij is de enige die ik ken die het heeft over 'geslachtelijke gemeenschap'. En dan moest het ook nog op bevel van de kalender en de thermometer.

'Het slaat de geslachtelijke gemeenschap nogal dood, eigenlijk,' zei ik tegen de therapeut.

Afra's mond viel open.

De therapeut knikte bedachtzaam. Die knikjes waren zijn meest waardevolle bijdragen aan de gesprekken. Ik heb eens uitgerekend wat ik die man per knikje heb moeten betalen en daar werd ik niet vrolijk van.

Na nog enige jaren doormodderen, bracht onderzoek aan het licht dat er iets mis was met de eieren van Afra en dat ze geen kinderen kon krijgen.

Daarmee was de voornaamste reden om in Purmerend te willen wonen, te weten een betaalbaar autovrij hofje voor de deur, van de baan. Ik heb een paar keer voorgesteld om naar Breukelen te verhuizen, waar ze ook hele mooie rijtjeshuizen hebben, die ruim een uur dichter bij mijn werk liggen, maar Afra was niet enthousiast.

'Ik ben erg verknocht geraakt aan Purmerend, schat,' beweerde ze.

'Verknocht, verknocht, wat is dat nou weer voor woord? Ik ben toch ook niet verknocht aan Breukelen,' bracht ik ertegen in.

'En dat is nou precies de reden waarom we niet naar Breukelen moeten verhuizen, maar beter heerlijk hier kunnen blijven wonen.'

Mezelf in de voet geschoten. Ik heb het erbij gelaten en rijd nu voor het drieëntwintigste jaar vier keer per week 's morgens van Purmerend naar Breukelen en 's avonds van Breukelen naar Purmerend.

3

Veel goede vrienden heb ik welbeschouwd niet. Eigenlijk maar drie. Stijn, Joost en Wouter. Ik ken ze van de middelbare school. We hebben lief, leed en af en toe een meisje gedeeld.

De laatste jaren delen we vooral de vrijdagen. Dan gaan we, weer of geen weer, golfen. Stijn constateerde vorige week dat het altijd 'bijzonder genoeglijke vrijdagen' zijn.

'Niet bepaald een opwindende typering, Stijneman,' had Joost opgemerkt.

Stijn is leraar Duits op een middelbare school en is nog steeds, net als vroeger, het braafste jongetje van zijn eigen klas. Hij hangt er eigenlijk een beetje bij in ons golfgezelschap. Stijn wordt gedoogd omdat hij er nou eenmaal altijd was. Meer vriend uit gewoonte dan uit overtuiging.

Het verschil met Joost is groot. Joost is bepaald niet braaf. Hij is advocaat en heeft een uitgebreide clientèle van oplichters, belastingontduikers en witteboordencriminelen. Hij past zelf heel goed bij zijn klanten en is zeker niet in zijn eerste leugentje gestikt.

'Jullie zijn eigenlijk de enigen tegen wie ik de waarheid spreek,' bekende hij laatst. 'Meestal tenminste. Bij veel zakelijke contacten ben ik toch voornamelijk bezig te kijken hoever ik de waarheid kan oprekken, en als dat niet meer lukt probeer ik zo dicht mogelijk langs de waarheid heen te liegen.'

'En tegen je vrouw dan?' vroeg Stijn.

'O, daar ben ik ook altijd goudeerlijk tegen,' had Joost met een grijnsje geantwoord. Stijn keek hem een beetje achterdochtig aan.

'Ja ja.'

Joost is een ritselaar, die zich nog wel eens in de problemen ritselt, maar er daarna bijna altijd in slaagt zich er ook weer netjes uit te werken.

Wouter, mijn derde vriend, is ook geen lieverdje maar heeft zijn zaken altijd degelijk voor elkaar. Hij heeft een bedrijf dat iets doet in de informatica. Ik heb vroeger wel eens geprobeerd te begrijpen wat hij nou precies uitvoert, maar die vraag wuifde hij weg met 'Iets met programmeren, dat snap jij toch niet', en die kans is inderdaad groot. Wouter heeft een mooie vrouw, een mooi huis en een mooie auto, in volgorde van belangrijkheid, en ziet er altijd onberispelijk uit in zijn dure maatpakken. Niet onbelangrijk, als noodzakelijke voorwaarde voor zijn manier van leven: hij heeft geld. Hoeveel precies, daar laat hij zich niet over uit.

'Laten we zeggen: ruim voldoende,' is zijn antwoord als iemand ernaar vraagt.

En ikzelf? Ik wilde altijd groots en meeslepend leven, maar op de een of andere manier is het daar niet van gekomen op mijn woonerf in Purmerend en bij de groothandel in wc-papier in Breukelen.

'Je bent volgens mij gewoon te lui voor een opwindend leven,' merkte Joost vorige week op, 'of te schijterig. Of allebei.'

Ik had graag tegengesputterd maar kon er zo snel niets tegen inbrengen. Ook toen ik er een paar dagen over had nagedacht, kon ik niets bedenken. Ik ben inderdaad nogal lui. En misschien niet schijterig, maar dan toch op zijn minst erg voorzichtig. Het knaagt een beetje aan me.

4

'Over de doden niets dan goeds' wordt vaak een beetje overdreven, vind ik. In korte tijd zijn Johan Cruijff, David Bowie, Prince en Muhammad Ali overleden, wat vier keer tot een zo-goed-als-heiligverklaring heeft geleid. Ik heb er echt op gelet, maar heb bijna geen enkel puntje van kritiek kunnen ontdekken in de eindeloze rij krantenartikelen en tv-programma's die aan de dode beroemdheden gewijd waren. Wel doken er iedere keer grote z[illegible]nen zelfbenoemde vrienden op om de doden te bewier[illegible]vertellen hoe ze bij leven persoonlijk tegen hun h[illegible]kt hadden.

[illegible] Cruijff, behalve een fantastische voet-[illegible]is en zelfingenomen mannetje was. [illegible]eel dom was geweest om zichzelf t[illegible]en slaan door veel te lang door te boksen, [illegible]d. Ali had beter wat van al die opschepperige p[illegible]zijn hoogtijdagen kunnen bewaren voor na zijn pension[illegible]g. Toen kwam er geen samenhangende zin meer uit. Een kleine kanttekening bij alle ijdeltuiterij van Bowie en Prince had ook zeker niet misstaan.

'Cruijff wordt wel met god vergeleken maar dat gaat me te ver. Ik bedoel: god is goed hoor, maar hij is natuurlijk geen Cruijff.'

Om dat twitterberichtje heb ik wel erg gelachen.

Ik ben zelden verdrietig of geschokt als er een beroemde wereldburger doodgaat en zal niet snel ergens bloemen neerleggen of een kaarsje aansteken.

1

'Ben jij eigenlijk gelukkig, Afra?'

Mijn yogavriendin Heleen overviel me gisteren midden in de lotushouding met deze vraag.

'Ehh... best wel. Denk ik.'

'Denk je dat, of weet je dat? En wat betekent dan best wel, is dat een achtenhalf of een zesje?'

'Goh Heleen, kan dat straks? Ik probeer net helemaal zen te worden,' maakte ik me er met een half grapje van af.

Gelukkig kwam ze er niet meer op terug. Het zat intussen wel in mijn hoofd en ging er niet meer uit. Ik vermoed dat ik de vraag al jaren ontloop en dat hij, eenmaal gesteld, nu heel opdringerig is geworden.

Na een paar dagen met de kwestie rondgelopen te hebben, kon ik niet anders dan eerlijk toegeven: ik haal met pijn en moeite een zes min. Af en toe zit er een dagje van een zeven tussen, maar een vier komt ook voor. Misschien is die zes min zelfs wel niet helemaal eerlijk, omdat ik het te confronterend vind om mijn leven een onvoldoende te geven.

Ooit was het beter.

Toen ik Arthur net leerde kennen was ik gelukkig. En ook de eerste paar jaren in Purmerend waren hartstikke leuk. We hadden geen zorgen en maakten mooie reisjes. Naar Egypte en naar Mexico bijvoorbeeld. Al hadden we wel een beetje pech onderweg. We werden bijvoorbeeld bestolen in Mexico-Stad. We hebben dagen moeten wachten op een nieuw paspoort. En in Egypte werden we ziek.

Sinds die tijd ben ik een beetje paranoïde geworden op reis. Dat gaat, ook na jaren, niet over, tot mijn eigen ergernis. Zelfs al ben ik zo'n beetje voor alles verzekerd waar je je voor kunt verzekeren. Of verzeker je je tegen iets? In ieder geval is mijn drang om de wereld te ontdekken minder geworden. Ik ben nu tevreden met lekker fietsen in Nederland. Duitsland vind ik ook mooi. Ja, ik weet het, het is een beetje tuttig, maar het is sterker dan mezelf. Het zweet zou me uitbreken bij de gedachte alleen al dat ik naar Afrika op vakantie zou moeten, of China. Arthur wil graag naar Japan, maar ik durf niet. Al is het maar omdat het zo dicht bij Noord-Korea ligt.

Misschien doe ik mezelf tekort, maar ik vind een weekje Drenthe of Terschelling prettig genoeg. Om in cijfers te blijven: een zeven plus.

Lees meer van Hendrik Groen

Hendrik Groen mag dan oud zijn, hij is nog lang niet dood en niet van plan zich eronder te laten krijgen. Toegegeven: zijn dagelijkse wandelingen worden steeds korter omdat de benen niet meer willen en hij moet regelmatig naar de huisarts. Technisch gesproken is hij bejaard. Maar waarom zou het leven dan alleen nog maar moeten bestaan uit koffiedrinken achter de geraniums en wachten op het einde?

In korte, ogenschijnlijk luchtige, maar vooral openhartige dagboekfragmenten laat Hendrik Groen je een jaar lang meeleven met alle ups en downs van het leven in een verzorgingshuis in Amsterdam-Noord. Op de laatste dag van het jaar zal het nog moeilijk zijn om afscheid nemen van dit charmante personage...

Lees meer van Hendrik Groen

We leerden Hendrik Groen kennen door zijn dagboek *Pogingen iets van het leven te maken*. Samen met zijn vriend Evert en de andere leden van de Oud-maar-niet-dood-club probeert Hendrik zijn laatste levensjaren in een verzorgingshuis in Amsterdam-Noord zo aangenaam mogelijk te maken.

Van tijd tot tijd valt het Hendrik zwaar om de moed erin te houden. Gelukkig heeft hij de pen weer opgepakt. Met de hem zo kenmerkende charmante humor neemt hij de medebewoners, de directie, zijn vrienden en de ouderdom in het algemeen op de korrel, waarbij hij zichzelf zeker niet spaart.

Verkrijgbaar als
e-book
& papieren boek